Walter Trayser

# Esprit de Corps
# Sicherheit im System

Roman

www.tredition.de

© 2020 Walter Trayser

Verlag & Druck: tredition GmbH, Halenreie 40-44,
22359 Hamburg

ISBN
Paperback:       978-3-347-10825-7
Hardcover:       978-3-347-10826-4
e-Book:          978-3-347-10827-1

# Inhalt

Vor dem Morgengrauen ist es am Dunkelsten.
(Amerikanisches Sprichwort)


Arthur Conan Doyle
Scientific American, 1896:

„When the spirit are low,
When the day appears dark,
When work becomes monotonous,
When hope hardly seems worth having,
Just mount a bicycle and go out for a spin down the road
Without on anything but the ride you are taking."

## Vorrede

Die Protagonisten dieses Romans, sind ebenso wie die Handlung frei erfunden, spiegeln aber aktuelle Geschehnisse wider.

Auch die genannten Personen, Institutionen und Orte, können in der Realität den Geschehnissen nicht zugeordnet werden

**Danke an:**

Herrn Dr. Schönleber, der sich die Zeit genommen hat, mich in medizinischen Fragen eingehend zu beraten.

Herrn Kriminalrat a.D. Dr. Obermoos, für seine fachkundige Beratung und Unterstützung, bei der Arbeit an diesem Buch.

# Kapitel I

## Verkehrskontrolle mit Folgen

Mehrere Jahre verbrachte ich im Ausland. Der Kontakt zu Quillmann war nie ganz abgebrochen. Unsere gemeinsame Interessenslage, der Volleyballsport, hatte uns zusammengeführt. Ich konnte mich an einige spaßige Erlebnisse erinnern. Insbesondere die Fortbildungslehrgänge während der gemeinsamen Trainerausbildung vertiefte unsere Freundschaft. Natürlich war es danach für mich als freier Journalist nicht ganz einfach, über einen längeren Zeitraum Kontakte zu pflegen. Es gab unvermeidbare Durststrecken.

Quillmann hatte damit keine Probleme. Er konnte von jetzt auf sofort warm laufen.

Die letzte Postkarte schrieb ich ihm aus Helsinki. Meine interessanten Recherchen in Skandinavien führten mich abschließend in die schwedische Hauptstadt Stockholm. Jetzt war ich im Begriff das Land in Richtung Deutschland zu verlassen um nach Frankfurt zurückzukehren. Täglich in der Redaktion zu arbeiten, würde mir anfänglich bestimmt schwer fallen. Sobald Routine eingekehrt war, wollte ich mich persönlich bei meinem Bekannten melden.

Es vergingen einige Wochen der Betriebsamkeit. Fast hätte ich mein Vorhaben vergessen. Ein Mitarbeiter feierte Geburtstag, schwärmte von einem Weinfest an der Bergstraße. Er hatte von dort einige Flaschen Weißwein mitgebracht, dazu gab es Käsehäppchen.

Auerbacher Rott stand auf dem Etikett. Der mundete nicht allen. Besonders die eingefleischten Biertrinker unter den Kollegen, verzogen das Gesicht. Werner aus der

Sportredaktion meinte: „ Das ist doch der Bruder vom Essig. Der zieht mir das Hemd in die Hose." Womit er zur Erheiterung aller beitrug. Mir fiel es bei diesen Bemerkungen wie Schuppen von den Augen, von diesem Wein, seinem Lieblingsschoppen, hatte Quillmann immer geschwärmt.

Tags darauf, schrieb ich ihm eine Mail, fragte an, ob wir uns wieder einmal treffen könnten. Ein paar Tage musste ich warten, dann meldete er sich. „Wir könnten eine Wanderung entlang der Bergstraße unternehmen, wenn du dich schon beim „Rott" an mich erinnert hast. Vielleicht kannst du dir Anfang Oktober zwei bis drei Tage frei nehmen – Genusstage, mit neuem Wein und Zwiebelkuchen", las ich. „Bei mit reicht es nur für ein verlängertes Wochenende", schrieb ich zurück.

Gegenüber dem Bensheimer Bahnhof, im Hotel Hans, hatten wir uns einquartiert.

Quillmann sah schlecht aus. Sorgenfalten zeichneten sein Gesicht. Die Haare waren vollständig ergraut. Von seiner Sportlichkeit konnte ich nicht mehr viel entdecken. Sein Bauch stand hervor. „Was ist denn mit dir passiert?", wollte ich wissen. „Besonders gut scheint es dir gerade nicht zu gehen oder?"

Er zuckte sichtlich zusammen. „Es ist fast zwei Jahre her, da hatte ich eine Begegnung der anderen Art. Wer sich auch immer die Zeit nimmt und meine Geschichte anhört, rät mir an die Öffentlichkeit zu gehen. Ich bin einmal gespannt, was du dazu sagen wirst?" „Nun, wir haben das ganze Wochenende, ich bin neugierig zu erfahren was du erlebt hast", antwortete ich.

Es war Freitag- Nachmittag. Rucksacktragend lief er neben mir her. „Wozu nimmst du denn Gepäck mit", fragte ich ihn.

„Ich benötige Gedächtnisstützen und Beweismittel, für das, was ich dir berichten möchte. Dieses „Marschgepäck" wird uns über das die nächsten zwei Tage begleiten." Quillmann wollte mich zum Kirchberghäuschen führen. Er versprach einen imposanten Blick über die Stadt, bis hin zur Rheinebene. Der Weg hinauf durch den Weinberg ließ schon viel erahnen. Oben angekommen wurden wir tatsächlich von einer Aussicht bis hinüber zum Pfälzer Bergland belohnt. Im Industriedunst konnte ich Mannheim und Ludwigshafen erkennen. Eine angenehm milde Luft erwärmte uns. Dieser Platz hatte etwas. Ich nickte anerkennend mit dem Kopf.

Wir nahmen im Freien Platz, bestellten Kaffee. „Nun spann mich nicht länger auf die Folter", forderte ich meinen Begleiter auf. „Die Geschichte zieht sich über die vergangenen drei Jahre und ich werde sie dir in Etappen erzählen. Ich muss mich zwischendurch immer wieder neu besinnen und konzentrieren, damit nichts verloren geht", sagte er, bereits in Gedanken versunken.

*Am 30. Mai 2018, werde ich von einer Gruppe junger Leute zu einem Smalltalk nach Frankfurt eingeladen. Wie das heute so üblich ist, soll es gegen 22:00 Uhr los gehen. Ich überlege lange hin und her. „Vielleicht bleibe ich lieber zu Hause. Aus dem Alter bin ich doch raus. Aber irgendwie fühle ich mich gebauchpinselt", denke ich. „Ja, ich fahre hin, weil morgen mein freier Tag ist", sage ich halblaut vor mich hin. „Die Jungen halten viel von meiner Erfahrung", gebe ich mir die letzte innere Bestätigung.*

*Kurzentschlossen setze mich in meinen Ford und rolle in den Verkehr. An einer Tanke besorge ich mir noch eine Flasche Mineralwasser und ein Päckchen Kaugummi. Beides lege ich auf den Beifahrersitz. Ab und zu trinke ich während der Fahrt. HR1 spielt die Stones. Lautstärke hoch. Das passt.*

*Gegen 21:45 stelle ich mein Fahrzeug auf einem Parkdeck in der Nähe des Lokals ab. Neben mir parkt Melanie. Sie wird von ihrem Lebensgefährten begleitet. Wir begeben uns zum verabredeten Treffpunkt. Nach und nach kommen weitere Freunde dazu. Es entwickeln sich lebhafte Gespräche. Ich bestelle mir Rotwein, merke nicht wie die Zeit vergeht. Irgendwann schaue ich auf die Uhr. Es ist weit nach Mitternacht. Ich zahle zwei Achtel Rotwein und ein Mineralwasser.*

*AC/DC-Live, zwischendurch ein Schluck Wasser, „das wird eine lockere Fahrt in den Taunus", denke ich beschwingt.*

*Kein anderes Fahrzeug weit und breit, immer auf der rechten Spur, spule ich die Fahrt ab. Zwischen Sodener Wald und Schwalbacher Wald, singe ich mit: „TNT I am Dynamite." Bald geschafft, ich freue mich auf mein Bett.*

*Wilhelmsbrunnen, Quellenpark – was ist denn nun los?*

*Neben mir taucht ein blaues Polizeifahrzeug auf. Ich nehme den Fuß vom Gas. „Wollen die etwas von dir?", geht es mir durch den Kopf. Ich halte an. Das Auto rollt schräg vor meinen Wagen. Während sich die Scheibe nach unten bewegt, rufe ich: „Was ist denn los, was wollen sie von mir, warum halten sie mich an?"*

*Kaum ist mir das letzte Wort über die Lippen gekommen, reißt ein Beamter die Fahrertür auf und sprüht mir eine Flüssigkeit in die Augen, nässt mir das Gesicht vollständig ein. Meine Augen fangen sofort fürchterlich an zu brennen. Das Zeug läuft mir unter das Hemd. Ich spüre, wie meine Brust feucht wird. Der langhaarige Beamte schreit: „Raus, raus, raus." Auf dem rechten Auge sehe ich nur noch schemenhaft,* das Linke ist total dicht. Zu zweit zerren sie mich vom Fahrersitz. Sie stoßen mich bäuchlings auf die feuchte Straße. Mit der rechten Hand kann ich gerade eben noch instinktiv den Sturz abfangen. Ein stechender Schmerz fährt mir in die rechte Hand. Ich fühle, wie die Fingergelenke sofort anschwellen. Die Polizisten reißen meine Arme auf den Rücken, binden mir die Handgelenke zusammen. „Handschellen können das nicht sein", denke ich bei mir. Ich werde grob auf die Füße befördert.

Undeutlich erkenne ich den zweiten Beamten. Schwarze Haare, Oberlippenbärtchen, kann ich gerade so wahrnehmen. Ich protestiere schmerzerfüllt. „Was wollen Sie von mir, was habe ich getan, das ist nicht rechtens, was sie hier mit mir machen." Die Beiden reagieren wütend, schleppen mich zu ihrem Fahrzeug. Wie im Krimi, Hand auf den Kopf, verbringen sie mich auf den Rücksitz. Mein Ford wird seitlich im Knoblauchsweg abgestellt. Ich frage erneut, „was haben sie mit mir vor, was wollen sie von mir?" Der Schwarzhaarige antwortet, „das liegt an ihrer Fahrweise, wir nehmen sie mit auf unser Revier nach Kronberg." Auf der Fahrt kämpfe ich mit dem Schmerz meiner brennenden Augen, taste hinterm Rücken meine stark geschwollene rechte Hand ab. „Dick wie ein Hefekuchen", fühle ich. Aus Augen und Nase läuft mir Flüssigkeit, die ich nicht aufhalten kann.

Wir fahren auf den Hof des Reviers. Sie führen mich in einen Vernehmungsraum. Zwei weitere Polizisten kommen hinzu. Ein kleinere Blonder und ein Zweimeterhüne, beide in Uniform.

„Ich muss dich einmal unterbrechen", redete ich dazwischen. „Wurdest du nicht nach deinen Papieren gefragt? Fahrzeugschein, Führerschein oder Personalausweis?" „Nichts dergleichen", sagte Quillmann, „das war wie in einem schlechten amerikanischen Film. Das kann sich niemand vorstellen. Nur wer mich gut kennt, zweifelt nicht daran, dass ich das wirklich erlebt habe." „O.k., lass uns noch `nen Kaffee bestellen, deine Geschichte ist so unglaublich", da muss ich ab und zu etwas hinunterspülen. Er dachte kurz nach, dann hörte ich ihm wieder zu.

*„Was wollen sie von mir, das widerspricht doch allen polizeilichen Befugnissen, wie sie hier mit mir umgehen", protestiere ich erneut. „Wer gibt ihnen das Recht dazu?" Ich verlange, den Dienststellenleiter zu sprechen. Fordere die Entfernung der Handfesseln. Dieser schmächtige Dunkelblonde, scheinbar der Schichtleiter, führt das Wort. „Der Dienststellenleiter kann nicht immer anwesend sein", meint er kurz angebunden. Die Handfesseln können wir ihnen auch nicht abnehmen, sie sind zu aggressiv." „Verkehrte Welt", denke ich bei mir, „vier Polizisten können mit einem alten Mann nur reden, wenn er halbblind vor Schmerzen und noch dazu gefesselt ist." Daraufhin verlange ich einen Rechtsbeistand. Auch das wird weggeschwiegen. Die vier Beamten sind anscheinend von meinen ständigen Einwänden und Fragen so genervt, dass sie beschließen, mich in die Ausnüchterungszelle zu verfrachten. Der Schwarze und der Zweimeter-Mann packen mich an den Oberarmen und schieben mich in die Zelle. Ich protestiere erneut. „Das dürfen sie nicht, dazu haben sie kein Recht." Der Langhaarige stürzt von hinten an mich heran. Zweimal schlägt er mir mit voller Kraft auf die linke Gesichtshälfte. Nicht genug, dass er mir irgendein Zeug in die Augen gesprüht hat, jetzt auch noch*

dieser wüste Übergriff. Schmerzerfüllt schreie ich auf. „Sie dürfen mich nicht schlagen, das ist widerrechtlich." Der Blonde entgegnet lapidar, „das dürfen wir sehr wohl!"

„Also hör mal", unterbrach ich ihn erneut, „du willst mir sagen, deutsche Polizeibeamte haben dir aus nächster Nähe irgendwelches Zeug in die Augen gesprüht, dich gefesselt und dann zu viert noch weiter drangsaliert? Ja, leben wir denn in einer Bananenrepublik?"

„Warte ab, das ist erst der Anfang, es kommt noch viel besser", antwortete er und schaute mich vielsagend an.

Der blonde Beamte fragt nach meinem Namen und meiner Anschrift. Ich verweigere die Aussage. „Gehen sie doch an mein Auto, dort sind alle meine Papiere vorschriftsmäßig vorhanden", erkläre ich ihm. Die drei anderen ziehen mir Schuhe und Hosengürtel aus. Meine Armbanduhr wird vom Handgelenk gerissen, die Hosentaschen entleert. Ich verlange erneut, „nehmen sie mir bitte die Handfesseln ab, damit ich mich reinigen kann." Aus Augen und Nase tropft mir Körperflüssigkeit, wie soll ich das kontrollieren? Der Blonde schüttelt nur den Kopf. Sie verlassen zu viert die Zelle. Alleine bleibe ich gefesselt zurück. Der Kopf brummt. Das linke Ohr ist taub. Gesicht und Augen brennen und schmerzen fürchterlich. Sekret tropft zu Boden. Wie soll ich das alles aushalten? Ein vorher nie gekanntes Gefühl der Angst steigt in mir hoch. Ich muss an Szenen aus Romanen denken die ich gelesen habe. So muss es sich anfühlen, wenn man willkürlich ausgeliefert ist. Auf diese Erfahrung hätte ich gerne verzichtet.
Ich laufe mit vorgebeugtem Kopf in der Zelle auf und ab, will verhindern, dass mir die Absonderungen auf die Kleidung tropfen.

*Dem Gefühl nach ist eine Stunde vergangen. Der Blonde, der Schwarze und der Zweimeter-Mann, betreten mit Dr. Butterbrink im Schlepptau den Raum. Was will diese stadtbekannte Persönlichkeit hier, denke ich?*

*Der Langhaarige taucht von da ab nicht mehr auf. „Wir nehmen jetzt eine Blutprobe vor", eröffnet mir der blonde Wortführer. „Das geschieht ausdrücklich gegen meinen Willen", begehre ich auf. „Sie haben mich weder ordnungsgemäß am Fahrzeug kontrolliert, noch einen Alkoholtest durchgeführt. „Herr Doktor", sage ich, „bitte sorgen sie dafür, dass man mir die Handfesseln abnimmt. Ich möchte mir auch das Gesicht reinigen." Die Kabelbinder werden endlich gelöst. Der Schwarze wirft ein paar graue Papiertücher auf die Liege in der Ecke. Nachdem ich mein Gesicht abgewischt habe, sind Blutspuren auf dem Papier zu erkennen. „Was ist denn hier los?", schüttele ich unwillkürlich den Kopf. Der Zweimeter-Mann und der Schwarze halten mich fest. Dr. Butterbrink entnimmt mir Blut aus der Vene des linken Armes. Er lässt den Einstich unversorgt. Pflaster scheint er nicht zu kennen. „Herr Doktor, sorgen sie bitte dafür, dass ich sofort entlassen*
*werde, es gibt keinen Grund, mich hier festzuhalten", melde ich mich zu Wort. Ohne Blickkontakt dreht er sich um, verlässt grußlos den Raum.*

„Das darf doch alles nicht wahr sein Quillmann, mein lieber Scholli, das gibt es doch auf keinem Schiff. Was du mir da erzählst, keinem anderen außer dir, würde ich diese unglaubliche Geschichte abnehmen. Das waren doch Gesetzesübertritte ohne Ende, wie kann denn in Deutschland so etwas passieren? Solche Stinkstiefel kennt man doch nur aus irgendwelchen Filmen oder?

Damit musst du an die Presse gehen. Mal sehen, ob ich nicht Kollegen finde, mit denen ich deine Geschichte groß rausbringen kann, erregte ich mich." „Daran habe ich auch schon gedacht, aber mehrere Berater haben mich bisher begründet davon abgehalten", meinte Willmann. „Letztendlich muss ich auch an meine Zukunft denken. Eine gute Bekannte, selbst Polizeibeamtin, ist davon überzeugt, dass ich auf der schwarzen Liste stehe und ein solches Szenario möchte ich auf keinen Fall noch einmal erleben."

Wir riefen die Kellnerin. Ich übernahm die Zeche. In diesem Moment tat er mir richtig leid. Warum musste ausgerechnet dieser Sportsmann solch eine Scheiße erleben. Dieser Typ, mit seinem gütigen Gesicht. „Was mag nur in diversen Polizeibeamten vorgehen?", dachte ich. Aus Krimis kannte man ja Polizeidienststellen mit einem schlechten Ruf. Vielleicht auch einzelne Charakterschweine, die sich in einer Schicht zusammen fanden. Aber in der Realität hätte ich mir das nie und nimmer vorstellen können. Was für ein Schock muss das für diesen aufrechten Kerl gewesen sein. Für ihn, der immer als „Anwalt der Gerechtigkeit " aufgetreten war.

Nebeneinander liefen wir den Weinbergweg hinab in den Stadtpark. Unterwegs meinte er, eine Erzählpause sei erst einmal von Nöten. Wir durchquerten die Grünanlage, danach ging es durch die Fußgängerzone zu unserem Hotel. Entspannung war angesagt. Für 20:30 Uhr, hatten wir uns zum Abendessen verabredet. „Im Weingut Mohr gibt es den besten Federweißen und dazu Zwiebelkuchen", lud er mich ein.

Nach der kurzen Erholungsphase, spazierten wir durch die Altstadt zu besagten Lokal. Quillmann schien dort bekannt zu sein. Einige Ältere nickten ihm freundlich zu. Die

Bedienung kam sofort zu uns an den Tisch, stellte unaufgefordert einen Steinkrug mit zwei Gläsern ab. Wir füllten die milchige Flüssigkeit ein. Das Zeug schmeckte ergötzend lecker. Der Zwiebelkuchen wurde serviert, wir aßen schweigend.

*Wo war ich stehen geblieben? Ach ja, - jetzt habe ich den Faden wieder.*
*Ich frage den Blonden, „warum lassen sie mich nicht nach Hause gehen, wieso werde ich weiter hier festgehalten?" Wortlos dreht er sich um, geht zur Türe. „Bitte verständigen sie meine Lebensgefährtin. Irgendjemand muss doch wissen, dass sie mich hier einbuchten", rufe ich ihm hinterher. Keine Reaktion.*
*Ich bin wieder alleine. Vorsichtig trockne ich mein Gesicht ab. Am Blut auf dem Papier erkenne ich, dass meine Nase auch etwas abbekommen hat. Der brennende Schmerz durchzieht meine Augen, mein Gesicht. Kaum zum Aushalten. „Dieser langhaarige Polizist muss gewaltig zugeschlagen haben", spüre ich. Im linken Ohr ein Brummen und Sausen. „Wie soll ich damit noch länger zurechtkommen?" Etwa eine halbe Stunde später geht die Zellentür auf. Der Blonde und der Schwarze betreten den Raum. Sie haben ein Blutalkoholtestgerät dabei. Der Schwarzhaarige erklärt mir, wie ich zu blasen habe. Ich bin einverstanden. Langsam und vorsichtig puste ich. Sie halten mir das Display vor die Nase. Verschwommen erkenne ich eine 0,3. Dahinter eine Vier oder Fünf. Der Schwarze zeigt noch einmal triumphierend auf das Gerät. „ Sehen sie, sie haben Alkohol getrunken!" „Was bedeutet denn 0,3 Promille? Die Promillegrenze liegt doch bei 0,5 oder sehe ich das falsch? Welchen Anlass gibt es denn*

*noch, mich weiter hier festzuhalten?", frage ich erstaunt. „Bitte entlassen sie mich sofort." Ich höre ein kategorisches: „Nein." Im Hinausgehen dreht sich der Schwarze noch einmal um und sagt, „mein Kollege, der bei ihrer Festnahme dabei war, möchte gerne mit ihnen reden." „Ausgerechnet der", überlege ich, dann schüttele ich den Kopf.*

*Langsam wundere ich mich, dass ich immer noch wach bin. Es mag eine weitere halbe Stunde vergangen sein. Ich klopfe an die Tür. Kurz darauf öffnet sich die Türklappe. Der Schwarze lässt sich sehen. „Geben sie mir bitte meine Medikamente. Ich bin an Diabetes erkrankt, meine Nachtration muss ich noch einnehmen", bitte ich eindringlich. Ein letztes Mal fordere ich meine sofortige Entlassung. Die Klappe schließt sich. Unentwegt laufe ich in dieser schrecklichen Zelle auf und ab. In mir steigt ein bisher unbekanntes Gefühl hoch. Angst eiskalte Angst. Irgendwann überkommt mich eine unendliche Müdigkeit. Ich kann nicht mehr. Notgedrungen lege ich mich auf die eklige mit Plastik überzogene Matratze. Gerade noch so erkenne ich die Video-Kamera, die auf mich gerichtet ist.*
*Noch im Hinlegen schlafe ich ein. Ich glaube, sonst hätte ich kotzen müssen.*

*Ich bin hinterm Horizont. Alles ist vorbei. Ich denke über mein Leben nach. Es war umsonst. Dieser Kampf im Job, Tag für Tag, immer im Namen der Gerechtigkeit, immer gegen diese Fieslinge, die alles umdrehten. Die mit Unschuldsaugen jede Schlechtigkeit vollführten. Jetzt tragen sie Berufskleidung. Die Uniform der Guten, die Uniform der Gesetzeshüter. Wo waren sie, diejenigen, die ich mitgeprägt hatte? Wo waren die Gerechten, die ich in diesem Job haben wollte? Alles umsonst. Es hat nicht funktioniert. Ich bin drüben, schaue hinüber zu den Lebenden. Kriminelle in Uniform. War es das wert? Nach vierzig Jahren, dieses Ergebnis? Nein, ich will nicht zurück. Jetzt bin ich in Sicherheit. Nie mehr zurück, in diese schreckliche Realität. In diesen Sumpf, aus dem die Uniformierten ihre Kraft schöpfen. Vier Menschen, vier Männer, keiner in der Lage für Gerechtigkeit zu sorgen. Keiner der den Mut aufbringt, der Wahrheit ins Auge zu schauen. Nibelungentreue, war es das, was überlebt?*

*Ich möchte bleiben. Ob ich mit jemanden reden kann? Finde ich einen Gesprächspartner? Wen treffe ich im Jenseits? Ich möchte mit Thomas Müntzer sprechen. Vielleicht kann der mir eine Antwort geben.*

*Auf einmal höre ich die Stimme meiner Freundin. Vernehme, wie sie mit den Polizisten redet. Sie fragt nach mir, fordert sie auf, mich zu entlassen. Die Beamten weigern sich hartnäckig. Sie weiß wo ich bin. Ich bin ihnen nicht ausgeliefert. Sie können nicht mit mir machen was sie wollen, oder? Halluzination? Bin ich wieder im Hier - nicht mehr drüben? Ich wollte doch bleiben. Jetzt muss ich doch noch weiter kämpfen.*

*Die Stimme des Blonden reißt mich voll aus dem Tiefschlaf. „Herr Quillmann, wollen sie jetzt nach Hause gehen?" „Ja, natürlich", höre ich mich noch ganz benommen sagen. Ich realisiere schockiert: Das mit meiner Freundin, war doch tatsächlich alles nur geträumt.*

*Bevor ich die Zelle verlassen kann, werde ich auf der Matratze sitzend fotografiert. Der Schwarze ist auch noch da, überreicht mir meine Schuhe und den Gürtel. Ich ziehe beides an. Sie übergeben mir meinen Rucksack mit den Sachen aus dem Auto. „Kontrollieren sie, ob alles vorhanden ist", sagt der Blonde. „Das Armband der Uhr ist beschädigt", beschwere ich mich. „Meine Tabletten sind nicht vorhanden, die benötige ich dringend." „Die haben wir beschlagnahmt", bekomme ich zu hören. „Ich muss regelmäßig Tabletten einnehmen, ich leide unter Diabetes. Meine Medizin trage ich immer bei mir, die müssen sie mir aushändigen", verlange ich. „Wir müssen überhaupt nichts", entgegnet der Blonde. „Die Tabletten schicken wir zur kriminaltechnischen Untersuchung." „Dann möchte ich sie wenigstens sehen." Auch das wird verweigert. Sie halten mir eine Rückgabebescheinigung zum Unterschreiben hin. Ich weigere mich. Dafür verlange ich das offizielle Protokoll meiner Festnahme. Die Beamten gehen nicht darauf ein. „Meinen Führerschein haben sie mir auch noch nicht zurück gegeben", moniere ich weiter. Die Rückgabe wird abgelehnt. Ich lege Widerspruch ein. Der Blonde sagt verärgert, „dann beschlagnahmen wir das Dokument und schicken es zur Staatsanwaltschaft nach Frankfurt." Daraufhin übergeben sie mir ein Schriftstück.*

*Ungläubig lese ich:*

*„Nachweis über sichergestellte oder beschlagnahmte Gegenstände. Wegen Verdachts, Trunkenheit im Verkehr (Führen eines Fahrzeuges bei Fahrunsicherheit infolge Alkoholgenusses) gemäß § 316 StGB i.V.m. Trunkenheit im Verkehr (Führen eines Fahrzeuges bei Fahrunsicherheit infolge Genusses von Betäubungsmitteln/Medikamenten) Führerschein KL. A1,BE, C1E."*

*Wurde gegen die Beschlagnahme ausdrücklich Widerspruch erhoben? Ja. / Unterschrift: F. POK`*

*Den Wisch verstaue ich in meinem Rucksack. So schnell es geht, verlasse ich das Gebäude. Als ich den Hof erreiche fragt der Blonde, „soll ich ihnen ein Taxi rufen?"*

*Nachdem ich dankend abgelehnt habe, verlasse ich grußlos das Gelände. Der Schwarze wünscht mir einen schönen Tag. Ich bin total saft- und kraftlos, meine entsprechende Reaktion bleibt aus. Es fängt an zu nieseln. Der Blick auf die Armbanduhr zeigt mir den 11.06.2018 an, 06:20 Uhr.*

„Verdammt und zugenäht", regte ich mich auf, „wenn ich mir das genau überlege, dann frage ich mich, wie können Beamte, die zu solchen Handlungen fähig sind, Tag für Tag ihren Dienst versehen ohne aufzufallen. Ein Vorgesetzter wird doch wohl erkennen, wie seine Pappenheimer ticken. Oder sollte es wirklich im Polizeiapparat einen besonderen Schutzschirm geben? Das kann ich mir einfach nicht vorstellen."

„Wenn du meine ganze Geschichte erfahren hast", meinte er, „wirst du dich vielleicht meiner Meinung anschließen: Es gibt da ein gewisses Schutzsystem."

Wir hatten bereits das vierte Glas ausgetrunken. Dieser sogenannte Federweiße schien doch nicht so ohne zu sein. Ich sah nicht mehr klar. Auch mein Partner hatte einen geröteten Kopf und glasige Augen. Langsam sollten wir uns auf den Weg machen, meinte er darauf folgerichtig, als ich ihn anschaute. Morgen ist auch noch ein Tag. Quillmann ließ die Rechnung kommen und bezahlte. An der frischen Luft mussten wir uns zuerst einmal aneinander festhalten, so schwankten wir. „Mein lieber Schwan", stieß er hervor, „jetzt haben wir uns aber die Kante gegeben." Eingehakt schlingerten wir durch die Straßen. Zum Glück fand er sogar in diesem Zustand noch den richtigen Weg. Alleine hätte ich nicht zum Hotel zurück gefunden. Der Kopf war an der frischen Luft ein wenig klarer geworden. Wenigstens schaffte ich es alleine in mein Zimmer.

In der Frühe wachte ich auf, als mein Freund bereits neben dem Bett stand.

„Guten Morgen", begrüßte er mich. „Ein strahlender Herbsttag. Wir können frühstücken und dann durch die Weinberge nach Heppenheim laufen. Das wird uns den Restalkohol aus den Gliedern treiben." „Mein Schädel brummt noch ein wenig, ich möchte zuerst duschen", ließ ich ihn wissen. „Wir treffen uns unten am Büfett." Unter der Dusche wurde mein Kopf langsam klar. Diese unglaubliche Geschichte besetzte meine Gedanken. Wenn der Bericht von Quillmann kein Einzelfall sein sollte. Wenn so etwas Methode hatte. Ich wollte nicht weiter denken.

Im Frühstücksraum, kaum Andrang. Wir konnten uns an der reichhaltigen Auswahl großzügig bedienen. Mein gebeutelter Partner aß nur wenig, trank dafür aber jede Menge Kaffee. Dafür langte ich kräftig zu. Er wartete geduldig, bis ich mein Frühstück beendet hatte. Dann machten wir uns auf den Weg. Bevor wir den Wanderweg erreichten, durfte ich mir noch das Bensheimer Wahrzeichen ansehen, die Fraa vun Bensem. Wie mir mein „Stadtführer" berichtete, soll im 30jährigen Krieg, nachdem Bensheim von den Protestanten besetzt war, eine alte Frau das katholische Heer hinten herum in die Stadt geführt haben. Die Stadt Bensheim erinnert mit der Darstellung der aus Ton geformten Frau, an diese Begebenheit. Hinnerum, wie die Fraa vun Bensem, lautet das geflügelte Wort. Böse Zungen behaupten, fuhr Quillmann fort, dass das Hinnerum schon weitaus älter sei. Es käme nämlich von hinterher. Den Bensheimern sagt man nach, sie kämen immer hinterher, seien also in allem sehr langsam. Den Lokalpatrioten der umliegenden Ortschaften, geht die zweite Erklärung lockerer über die Zunge, grinste er.

Schritt für Schritt näherten wir uns den Weinbergen. Auf dem als Blütenweg ausgezeichneten Pfad, verlief die Wanderung in südliche Richtung, mit grandioser Aussicht auf die Rheinebene und die dahinterliegenden Erhebungen. Unaufgefordert ging die Berichterstattung weiter.

*Mein erster Gedanke war, ich muss sofort zu einem Arzt, muss meine Blessuren diagnostizieren lassen. Was war naheliegender, als durch den Nieselregen zum St. Josef Krankenhaus zu laufen? Um 06:30 Uhr stehe ich vor der Notaufnahme. Ich betätige die Glocke. Eine Schwester erscheint kurz darauf. „Bitte rufen sie einen Arzt, der mich versorgt." Die Diensthabende weigert sich. Sie verweist mich an die hausärztliche Notfallsprechstunde, die um 08:00 Uhr beginnt.*

*Ich habe keine Kraft mehr, um dagegen anzugehen. Frustriert begebe ich mich auf den Heimweg.*
*Der Regen wird stärker. Völlig durchnässt klingele ich wenig später an der Wohnungstüre meiner Freundin. Entgeistert blickt sie mich an.*
*„Was ist denn mit dir los, wo kommst du jetzt her? Ich war der Meinung, du übernachtest bei irgendjemand." Ich falle ihr weinend in die Arme. Die Erlebnisse der vergangenen Nacht, kommen mir stockend über die Lippen. Nur sehr langsam kann ich mich beruhigen. „Wie heißt dein Anwalt, mit dem du unlängst schon einmal zu tun hattest?", fragt sie mich. Ich nenne ihr den Namen.*

„Den werde ich sofort anrufen und um Rat bitten." Sie geht zum Telefon, wählt. Nach wenigen Momenten vernehme ich, wie sie mein nächtliches Horrorszenario in Kurzform wiederholt. Dann hört sie aufmerksam zu, schreibt Notizen auf einen Block. Kurz darauf beendet sie das Telefonat. „Der Rechtsanwalt befindet sich im Urlaub, hat mich aufgrund der Sachlage aber freundlicher Weise beraten", erklärt sie mir. „Wir sollen sofort Fotos von dir und deinen Verletzungen machen. Eine Tageszeitung muss auf jeder Aufnahme mit dabei sein, damit ein eindeutiger Beleg vorhanden ist. Wir benötigen auch noch einen Zeugen, der alles bestätigen kann. Wen können wir denn anrufen?    Wen möchtest du dabei haben?", fragt sie. „Ruf Bernd an", der ist jederzeit für mich da. Meine Freundin klingelt ihn aus dem Bett. Heute am Feiertag, wo er ausschlafen könnte. Schon nach einer halben Stunde steht er vor mir, die BILD in der Hand. Nur unter Tränen kann ich ihm die Geschehnisse der Nacht erzählen. Für ihn klingt alles so unglaublich, dass er nur den Kopf schüttelt. Er ist mehr als sprachlos. Ungläubig, kopf-schüttelnd.

Das ändert sich, als wir auf die im ersten Sonnenlicht liegende Terrasse nach draußen gehen und ich meinen Oberkörper frei mache. Beide betrachten eingehend meine Blessuren. Der Schrecken steht ihnen im Gesicht geschrieben. „Das kann doch nicht wahr sein", höre ich mehrmals. „Wenn wir mit den Fotos fertig sind, bringen wir dich sofort in das Krankenhaus."

Sie packen mich in das Auto des Freundes. Wir fahren zurück zum Krankenhaus. Diesmal geht alles reibungslos. Der diensthabende Arzt beim Hausärztlichen Notdienst macht nicht viele Worte, nachdem er meine Blessuren in

*Augenschein genommen hat. Er lässt sich in Kurzform „das nächtliches Abenteuer" erzählen, schüttelt den Kopf, füllt einen Schein aus und schickt uns zur Notaufnahme.*

*Die üblichen Formalitäten sind schnell erledigt. Ein Arzt kommt. Bernd und meine Freundin beschweren sich sofort über das Verhalten der Krankenschwester, die mich am frühen Morgen abwies. Dr. Hohwiesel lässt sie kommen. Sie redet sich heraus. Anweisungen von oben, meinte sie schulterzuckend, wir sollen uns beim Direktor beschweren. Der Doktor vermeidet eine Auseinandersetzung.*

*Die Untersuchung beginnt. Währenddessen informiert mein Freund den Arzt über die Geschehnisse der Nacht. Nach dem Ende aller Maßnahmen liest sich das Protokoll so, Anamnese: Heute Morgen Vorstellung in unserer Notaufnahme. Der Patient klagt über stattgehabtes Nasenbluten, Schmerzen in beiden Handgelenken sowie im Bereich der rechten Hand. Desweiteren Kopfschmerzen, Schmerzen im Bereich der linken Wange, der Oberlippe, Schmerzen der Augen und Schmerzen im Bereich der HWS. Darüber hinaus beklagt der Patient eine Hörminderung im linken Ohr seit o.g. Ereignissen. Vorbestehend sind lt. Patient ein bds. Tinnitus und BSV im Bereich der HWS. Tetanusschutz unklar, wird über HA geklärt.*

*Befund: Der Pat. ist wach, ansprechbar und völlig orientiert. Beide Augen gerötet. Pupillen isokor. Pupillenreflexe seiten-gleich und prompt. Keine Visuseinschränkungen. DS über dem Jochbein li. DS über dem Nasenbein. DS im Bereich der mittleren HWS. Angabe von Schmerzen bei Inklination der HWS. Ansonsten frei beweglich. Kein paravertraler Muskelhartspann. An beiden Oberarmen (re.<li.) oberflächliche Hämatomverfärbungen. In der li. Ellenbeuge*

Einstichstelle mit umgebenden großem Hämatom. Im Bereich der Handgelenke finden sich einige oberflächliche längliche quer verlaufende Hämatom-verfärbungen. Am Handrücken re. einige kleine Hautabschürfungen. DS im Bereich des re. Handgelenks und über den MHK II und III-Köpfchen der re. Hand. PDMS ansonsten vollständig intakt. Leichte Rötung und Schwellung der li. Wange und der Oberlippe. Sonst keine weiteren äußeren Verletzungen.

Röntgen: Schädel i2E, Nasenbein seitlich, Jochbein li. HWS i2E, re. Hand und Handgelenk i2E: Nasenbeinfissur, erhebliche deg. HWS Veränderungen, ansonsten keine weiteren knöchernen Verletzungen.

Diagnose: Nasenbeinfissur(S02.2), multible Prellungen (T00.9)

Therapie: Untersuchung, Rö, Fotodokumentation, Analgetika bei Bed. Im Haushalt vorhanden. Rö-Bild d. Nasenbeins mitgegeben.

Therapievorschlag: Tetanusschutz prüfen und ggf. auffrischen. Heute noch Augen – und HNO-ärztliche Vorstellung zur weiteren Abklärung empfohlen. Bei Verschlechterung chir. VW empfohlen.

Mit der dringenden Empfehlung auf jeden Fall heute noch einen HNO-Arzt und noch dringender einen Augenarzt aufzusuchen, werden wir entlassen. Wir beraten uns kurz. Es kommt nur die Uniklinik in Frankfurt in Frage. Zum einen, weil dort immer Fachärzte zugegen sind und zum anderen führt die HNO-Abteilung bereits meine Krankheitsakte. Seit meinem Hörsturz bin ich bei Professor Plankert in Behandlung.

In der Klinik geht alles sehr schnell. Meine Daten sind gespeichert. Nach wenigen Minuten werde ich in einen

*Behandlungsraum gebeten. Oberarzt Dr. Braunhalter erscheint. Zu meinem Glück ein Arzt der mich kennt. Ich berichte ihm kurz meine Erlebnisse. Er kann nur den Kopf schütteln. Bananenrepublik, kommt es über seine Lippen. Er stellt einen Riss im linken Trommelfell fest. „Ich werde versuchen ihr Ohr zu retten. Wenn sie Glück haben, schaffen sie es ohne OP." In der Fachsprache liest sich das dann so: Traumatische Trommelfellperforation links. Die erstmalige ambulante Vorstellung des Patienten erfolgte am 31.05.2018, nachdem er gemäß eigenen Angaben in der Nacht zuvor in Polizeigewahrsam auf die Wange und das linke Ohr geschlagen worden sei. Seither gab der Patient eine Hörminderung sowie ein Rauschen an.*

*Bei der Untersuchung des Patienten zeigte sich eine schlitzförmige Trommelfellperforation im Bereich der hinteren beiden Quadranten links, mit frisch eingebluteten Rändern bei sonst reizlosem Trommelfell. Im Ton-audiogramm zeigte sich eine Zunahme der vorbestehenden Innenohrhochtonschwerhörigkeit links um ca. 20 dB, mit begleitender pantonaler Schallleitung.*

*Es folgte zunächst die Schienung des Trommelfelldefektes sowie eine einmalige Cortisonstoßgabe (250 mg Decortin H) zur Innenohrprotektion bei erlittenem Knalltrauma.*

*Doktor Braunhalter bringt mich eigenhändig zu seiner Kollegin Dr. Schwarz, der Augenärztin. Er informiert sie über die bisherigen Behandlungen und Medikationen. Auch ihre Diagnose ist eindeutig: RA/LA ausgeprägte persistierende Reizreaktion bei Augenverätzung durch Reizgas. Deutlich ausgeprägte Chemosis.*

*Sie gibt mir Augentropfen mit. Sie sollen zusammen mit dem Cortison verhindern, dass sich die Netzhaut löst.*

*Für heute bin ich erst einmal bedient. Wie soll ich das alles verkraften?*

Wir erreichten Heppenheim, standen im Weinberg oberhalb der Stadt. „Hier wächst der „Schlossberg", den musst du einmal probieren", meinte Quillmann nach längerem Schweigen.

Ich blickte ihn stumm an, mir ging seine unheimliche Story durch den Kopf. „Wie konnte so etwas möglich sein?" „Gab es wirklich Polizeibeamte, die zu solchen Taten fähig waren?" „Was lief da schief?" „Dass ich hier mit der Wahrheit konfrontiert wurde, davon war ich jetzt vollständig überzeugt."

„Wir müssen hinunter zum Marktplatz", holte mich seine Stimme aus dem Grübeln, „ich kenne dort ein nettes Lokal." Es ging abwärts. Vor uns lagen die ersten Häuser, über uns die Starkenburg. Willmann spielte erneut den „Stadtführer", er kannte sich auch hier gut aus.

Auf dem Marktplatz bewunderte ich das Fachwerk-ambiente. Dahinter den sogenannten Bergsträßer Dom. Zu Kirchen hatte Willmann ein ganz besonderes Verhältnis, deshalb unterließ ich es, ihm dahingehend Fragen zu stellen. Der Marktplatz lag in der warmen Herbstsonne, wir konnten im Freien Platz nehmen.

Ich merkte plötzlich, dass ich von der Wanderung mächtig Hunger bekommen hatte. Wir bestellten unser Essen. Natürlich ging es nicht ohne ein Viertel Schlossberg. Beide nahmen wir einen kräftigen Schluck, prosteten uns zu.

Mitten im Essen fragte ich", sag einmal, wie hast du eigentlich die ersten drei Tage danach überlebt?"

*Für mich ist alles nur grausam. Diese Nacht geht mir einfach nicht mehr aus dem Kopf. Zum ersten Mal in meinem Leben weiß ich, was Angst bedeutet. Ausgeliefert zu sein, wehrlos, keine Chance. Vier erwachsene Männer können mit dir machen was sie wollen. Du bist gefesselt. Niemand sieht dich, niemand hört dich. Keine Chance auf Beistand, keine Hoffnung auf Zeugen. Einzig die Verletzungen belegen, dass etwas mit dir passiert sein muss.*

*Wie soll das weiter gehen? Vierzig Jahre für dieses Land malocht, die verrücktesten Kerle auf den rechten Weg gebracht. Jetzt dieses Kontrastprogramm. Feierabend, Ende, nichts geht mehr. Das ist so sicher, wie das Amen in der Kirche!*

*Jede Nacht wache ich schweißgebadet auf, kriege diesen falschen Film nicht mehr aus der Birne.*

*Was war da nur los? Polizisten ohne Unrechtsbewusstsein? Oder etwa Kriminelle in Uniform? Mein Seelenleben ist total durcheinander geraten. Kein Land in Sicht!*

*Freitag, Brückentag. Nachbarn besuchen mich. Ich habe meine Gefühle nicht im Griff. Tränen fließen, ich bin einfach fix und foxi. Langjährige Sportfreunde planen sich hier zu verabreden, um danach die Polizeidienststelle zu stürmen. Nur mit viel Mühe können sie davon abgehalten werden. Scheinbar haben viele junge Leute Probleme mit dem nächtlichen Auftreten von Polizisten. Parallelgeschichten werden erzählt. Nützt mir nur alles nichts.*

*Die Kumpels holen den Ford aus dem Knoblauchsweg. Fotografisch wird alles dokumentiert.*

*Spuren der gründlichen Durchsuchung sind unübersehbar. Die hatten doch tatsächlich nach Drogen oder sonstigem*

*Beweismittel gesucht. Bei dem, was ich alles in letzter Zeit an verschiedensten Materialien transportiert hatte, müssen sie einige Reste mitgenommen haben. Ob die Flasche Wasser auch zur Untersuchung eingeschickt wurde? Finden werden sie absolut nichts, dessen bin ich mir sicher.*

*Samstag, morgens im Bad meiner Freundin, vor dem Spiegel. Sie begutachtet die blauen Flecken und Striemen an meinem Oberkörper, schaut in meine geröteten Augen. Mitgefühl, Balsam für die Seele. Sie legt ihre Kontaktlinsen ein. Plötzlich ein Schrei. „Was ist hier los, woher kommt das Brennen in meinen Augen?" Ich überlege. „Du hast mich angefasst, mein Gesicht, meinen Oberkörper berührt. Kann es möglich sein, dass ich dieses Gas über die Haut ausdünste?" Eine andere Möglichkeit gibt es nicht. Sie wäscht intensiv die Hände. Zweiter Versuch. Keine Probleme, kein Brennen, keine Schmerzen.*

*Samstag, am Nachmittag, Kollegen kommen. Ich habe mich etwas besser im Griff, die Tränen fließen trotzdem. Das Unfassbare noch einmal erzählen. Fragen beantworten, Ratschläge anhören. Wie soll es weiter gehen? Wer kann helfen?*

*Die Rechtsschutzversicherung wird informiert. Anwaltliche Hilfe kann in Anspruch genommen werden. Ein Hoffnungsschimmer?*

*Jugendfreunde bieten ihre Hilfe an. Die vier Bullen - einen nach dem anderen abgreifen - und zur Rechenschaft ziehen. Polen oder Russen würden das auch so machen. Bei denen hätten die sich das erst gar nicht erlaubt. Da hätten sie gewusst, was ihnen blüht. Alle meinen es gut mit mir, es ist schön, Freunde zu haben. Was aber ist die richtige Strategie?*

*Abwarten, abwarten, zuerst die Anwälte anhören. Nichts voreilig beschließen, drei-viermal darüber schlafen.*

*Jede Nacht quäle ich mich in den Schlaf, wache mehrmals schweißgebadet auf.*

*Selbständig Auto fahren ist unmöglich. Ich benötige für jede Fahrt einen Chauffeur. Bei Dunkelheit wage ich mich nicht mehr vor das Haus. Wird eine Tür geöffnet schrecke ich zusammen. Sobald jemand hinter mir steht, schicke ich ihn weg. Bei der kleinsten emotionalen Regung tränen mir die Augen. Wie soll ich das in den Griff kriegen?*

*Sonntag, Ruhetag. Ich will alleine sein. Mein Schädel brummt vom Nachdenken und Verarbeiten. In einem lichten Moment habe ich die Idee, ein Gedächtnisprotokoll anzufertigen. Ich kann sogar konzentriert arbeiten. Minutiös läuft der Film ab, ein Dokumentarfilm. Jedes Wort, jede Geste gespeichert. Die Gesichter abrufbar. Im Kopf eine Videoaufzeichnung, Knopfdruck, Film ab. Bullenkino der anderen Art.*

*Ich lasse meine Freundin die Dokumentation lesen. „Das hätte ich nicht für möglich gehalten. Dieses Verlaufsprotokoll kann dir noch nützlich werden.*

*So kurz danach, ein guter, ein wichtiger Beleg." „In der Art, wie dieser Horror vor meinem inneren Auge abläuft, kann ich das zu jeder Tages-und Nachtzeit abrufen", sage ich. „Das wird mich wahrscheinlich nie mehr loslassen." „Ich befürchte, dazu wird professionelle Hilfe nötig sein", meint sie mit besorgter Mine.*

*Mit fällt noch ein, dass ich meinen Chef verständigen muss. Also schreibe ich: Sehr geehrter Herr Kummer, im Rahmen einer Verkehrskontrolle in der Nacht vom 30. Mai 2018 - auf 31. Mai 2018, (bei mir wurden 0,3 Promille festgestellt), bin ich von der Polizei in Kronberg gefesselt, schwer misshandelt* und verletzt worden. Genaueres entnehmen Sie bitte den ärztlichen Berichten. Nach wie vor leide ich unter einer Sehminderung beider Augen und einer starken Hörminderung auf dem linken Ohr, die auf einen Riss im Trommelfell zurück zu führen ist, der durch Schläge eines Polizeibeamten zustande kam. Ferner leide ich unter einer Nasenbeinfissur. Falls sich die Trommelfell-Öffnung nicht im Heilungsprozess in den nächsten zehn Tagen schließt, muss die Öffnung operativ verschlossen werden. Es sind von ärztlicher Seite weitere Verletzungen an meiner rechten Hand und der Halswirbelsäule diagnostiziert worden. Es besteht der Verdacht, dass mein Zeigefingergrundgelenk gebrochen ist. Näheres wird nach Abschwellung eine Röntgenaufnahme zeigen. Zu welchem Zeitpunkt ich wieder dienstfähig bin, werden Fachärzte und mein Hausarzt entscheiden. Mit freundlichen Grüßen - Quillmann

Ich benutze das Faxgerät, wähle die Nummer, ein Knopfdruck, die Sache ist erledigt.

Zu mehr bin ich an diesem Sonntag nicht fähig. Erst recht der Tatort kann mir gestohlen bleiben. Die Polizei, dein Freund und Helfer, das war einmal. Obwohl ich mir sage, es sind vier schwarze Schafe, kann ich mir jetzt jedes reale Horrorszenario vorstellen.

In der Nacht schrecke ich mehrmals auf, schweißgebadet verzweifelt, ohne Zukunftsvisionen.

Die Arbeitswoche beginnt. Ohne Schwierigkeiten bekomme ich am Montagmorgen einen Termin bei unserer Augenärztin. Sie lässt sich ausführlich berichten. „Herr Quillmann, was sie erzählen überrascht mich nicht. Bereits vor etwa drei Wochen hatte ich einen jungen Mann in

*Behandlung, dem das Gleiche widerfahren ist. Leider hindert mich die ärztliche Schweigepflicht, ihnen den Namen des Patienten mitzuteilen." Sie bittet ihre Assistentin dazu, die bei der Behandlung des Patienten zugegen war. Um sicher zu gehen, rekapitulieren beide noch einmal den zurückliegenden Vorfall und vergleichen ihn mit meiner Berichterstattung. Die Parallelität lässt keine Zweifel zu. Beide Frauen zeigen sich entsetzt über das Verhalten der Kronberger Polizisten.*

*Frau Dr. Lizur meint während der weiteren Behandlung: „Herr Quillmann, ich bin wegen solcher Zustände in meiner Heimat, hierher nach Deutschland gekommen. Polizei-Willkür ist dort an der Tagesordnung. Jetzt muss ich hier in der westlichen freiheitlichen Demokratie, Ähnliches erfahren. Das erschüttert mich zutiefst."*

*Wir schauen uns in die Augen, schämen uns der Tränen nicht. Zu meinem Glück verläuft der Heilungsprozess aufgrund der Sofortmaßnahmen in der Uni-Klinik Frankfurt durchaus zufriedenstellend. Tägliche Anwendung von Augentropfen zusätzlich. Ich werde meine Sehfähigkeit nach einiger Zeit wieder erlangen.*

*Für den Rechtsanwalt gibt mir die Ärztin folgenden Befundbericht mit: Herr Quillmann wurde am 04.05.2018, bei mir ambulant behandelt.*

*Anamnese: Herrn Quillmann wurde am 31.05.2018, Reizgas in beide Augen gesprüht und ein Schlag sei auf das linke Auge erfolgt.*

*Diagnose: RA/LA ausgeprägt persistierende Reizreaktion bei Augenverätzung durch Reizgas. LA Contusio bulbi.*

*Untersuchungsbefunde: Visus RA: cc 1,0 / LA: cc 1,0 – Vordere Augenabschnitte: RA/LA Bindehaut conjunetival injiziert, Keratitis puncata superficalis, ausgeprägte Chemosis. Augeninnendruck: RA 16 mmHg / LA 16 mmHg Augeninnendruck: RA/LA Pupillen randscharf, vital, 0,2 excaviert. Macula ohne pathologischen Befund. Peripherie: Netzhaut anliegend.*

*Sie verabschiedet mich. „Wenn ich ihnen irgendwie helfen kann, was den Vorfall angeht, werde ich den zurück liegenden Behandlungsvorfall jeder Zeit bestätigen. Kommen sie bitte am Freitag ohne Voranmeldung wieder."*

Wir tranken unseren Kaffee, als ich meinen Sportsfreund unterbrach. „Dir ist wohl ein großer Stein vom Herzen gefallen, nachdem dein Augenlicht gerettet war?" „Und wie erleichtert ich da war, ich hätte der jungen Ärztin in Frankfurt um den Hals fallen können, sie hat Schlimmeres verhindert." „Ob dieser Polizist in der Lage ist seine Vorgehensweise zu reflektieren", fragte ich weiter. „Sicher nicht, welcher Schalter da im Hirn umgelegt worden ist, wird mir für immer ein Rätsel bleiben. Vielleicht ist es bei staatlichen Arbeitgebern üblich, die Nieten aufs flache Land oder in die Berge zu versetzen. Von Strafversetzungen hört man doch allenthalben."

„Zu gegebener Zeit werde ich in diese Richtung einmal recherchieren", sagte ich ihm zu.

Wir ließen die Rechnung kommen. Quillmann führte mich danach durch die Fußgängerzone zur Bundesstraße Drei.

Dort setzten wir uns an eine Bushaltestelle. Nach kurzer Wartezeit konnten wir in den Linienbus einsteigen. Im nur mäßig besetzten Fahrzeug ging es zurück nach Bensheim. Die Fahrt entlang der Weinberge führte mir vor Augen, warum schon die Römer von dieser Gegend angelockt worden waren. Hier ließ sich das Leben genießen, dachte ich bei mir. Aber viel Zeit zum Nachdenken blieb mir nicht. Die Haltestelle am Bahnhof lag in der Nähe unseres Hotels und war bald erreicht.

„Ich werde noch einige Korrespondenz erledigen", sagte ich zu ihm beim Aussteigen. „Danach musst du weiter berichten, deine Geschichte lässt mich schon jetzt nicht mehr los. Abartig, einfach nur abartig", mit diesen Worten entfernte ich mich von ihm.

Ich kann Quillmann wieder zuhören.

*Meine Freundin begleitet mich zu Rechtsanwalt Gabel nach Bad Soden. Ich sitze wie ein Schluck Wasser in der Kurve auf meinem Stuhl. Schon wieder muss ich diese ätzende Geschichte abspulen. Mir sind alle Einzelheiten dermaßen präsent, so, als ob alles gerade abläuft. Rechtanwalt Gabel hört zu. Keine Zwischenfragen, ohne erkenntliche Gesichtsregung. Ich dagegen werde mitunter von Weinkrämpfen geschüttelt.*

*Der Rechtsbeistand lässt sich die Täter beschreiben. Er kennt alle Beamten des Kronberger Reviers persönlich. Kennt jeden einzelnen Polizisten - weil er schon mit ihnen zusammengearbeitet hat. „Das ist mir sehr hilfreich, bei dem Klientel, das ich vertrete", lässt er wie zu seiner Entschuldigung verlauten. „Auf Insider-Infos bin ich in meinem Job angewiesen." Auch der Arzt, der zur Blutentnahme gerufen wurde, ist ihm persönlich bekannt. Ein Mediziner, der die Drogenabhängigen im Landkreis betreut. Der auch die Gutachten für die Polizei schreibt, wenn eine Gerichtsverhandlung ansteht.*

Ich zeige Gabel meine blauschwarze Einstichstelle in der Armbeuge. „Hier, sehen sie, was er bei mit angerichtet hat." Gabel wirft einen Blick auf meinen Arm, schüttelt nur den Kopf.

„Es tut mir leid", meint er dann, „ich sehe mich nur in der Lage, sie in der Sache mit dem Führerschein zu vertreten. In meiner Position kann ich nicht gegen die Beamten ermitteln, mit denen ich für gewöhnlich zusammen arbeite. Was ihre Körperverletzungen angeht, muss ich sie an einen Frankfurter Kollegen verweisen, der mehr Erfahrung in solchen Angelegenheiten hat und gewohnt ist größere Prozesse zu führen."

Ich erkläre mich einverstanden. Er greift zum Telefon, macht sofort einen Termin klar. „Hier", gibt er mir ein Blatt Papier, „steht Termin, Telefonnummer und die Anschrift drauf. Schon am Mittwoch können sie dort vorsprechen." Ich lese, RA Thomas Schmund, Frankfurt-Eschborn, lege den Zettel zu meinen Unterlagen.

Ich unterschreibe die Vollmacht, damit Rechtsanwalt Gabel in der Führerscheinangelegenheit tätig werden kann. Danach verlassen wir die Anwaltskanzlei in der Hoffnung, den richtigen Weg eingeschlagen zu haben.

Im Briefkasten finde ich ein Schreiben der Rechtsschutzversicherung. Schadenfall vom 31.05.2018, Körperverletzung & Vorwurf Trunkenheitsfahrt. Ihr Anruf vom: 04.06.2018 Sehr geehrter Herr Quillmann,

1.Geltendmachung von Schadenersatz und Schmerzensgeld Wir bestätigen für die außergerichtliche Geltendmachung von Schadenersatzansprüchen Rechtsschutz im Rahmen der ARB.

*2. Vorwurf Trunkenheitsfahrt*

*Für die Verteidigung wegen des Vorwurfs des gemeldeten verkehrsrechtlichen Vergehens bestätigen wir Rechtsschutz im Rahmen der ARB.*

*Ich lese das Schreiben mehrmals. Eine innere Erleichterung stellt sich ein. Mit dieser Absicherung werde ich Gerechtigkeit erfahren. Mit Hilfe der Anwälte und unserer demokratischen Gesetze werden diese vier Polizeibeamten zur Rechenschaft gezogen, davon bin ich überzeugt.*

*Mittwoch, nochmals die gleiche Prozedur. Von Weinkrämpfen geschüttelt wiederhole ich vor Rechtsanwalt Schmund meine Leidensgeschichte. Sichtlich erschüttert hört er zu. Ich übergebe ihm mein Gedächtnisprotokoll. Er lässt sich alle vorhandenen Unterlagen, nebst Fotos und Röntgenaufnahmen geben. Schüttelt den Kopf, als er den Nachweis über sichergestellte Gegenstände der Polizeidirektion Kronberg liest. Betrachtet die Atteste der Ärzte. Kopiert meine Versicherungspolice.*

*Danach spricht er mich an. „Wenn sie mich beauftragen, werde ich eine Anklageschrift verfassen und der Staatsanwaltschaft Frankfurt vorlegen. Ihr Ansinnen halte ich für gerechtfertigt, zumal die Unterlagen die sie mir vorlegen, als Beweise verwertbar sind. Mehr kann ich jetzt nicht tun, wir müssen die Antwort des zuständigen Staatsanwalts abwarten." Nachdem alle Formalitäten erledigt sind, verabschiede ich mich. Gedankenverloren fahre ich mit dem Taxi wieder nach Hause.*

*Die nächtlichen Ereignisse gehen mir ständig durch den Kopf. „Warum, weshalb, musste das gerade mir passieren? Wo kamen diese Polizisten her? Waren diese alten Anti*

*Atomkraft-Aufkleber zu auffällig? Die hätten doch respektieren können, dass du ein alter Mann bist. Vier geschulte sportliche Beamte fallen über einen Wehrlosen her. Wie konnte das passieren? Haben etwa die Polizeibeamten unter Drogeneinfluss gehandelt? Die verstießen doch gegen sämtliche Regeln der Verkehrskontrollordnung. Einer wird dabei sein, der deine Aussagen bestätigt. Einer wird ein Rückgrat besitzen!"*

*Mein Hirn ist am rotieren, besetzt von diesen Leidensstunden. Ich muss das tun, was ich mein Leben lang getan habe. Ich muss gegen dieses Unrecht kämpfen.*

*Ablenkung fällt schwer. Kontrollbesuch in der Uniklinik. Erleichterung, der Riss im Trommelfell wird heilen. Der Oberarzt hatte die richtige Entscheidung getroffen. Die angelegte Schiene sorgt für Heilung. Keine Operation, die körperlichen Schmerzen gehen zurück, die seelischen Probleme bleiben.*

*Am Freitag, dem 15. Juni 2018, erreicht mich ein Telefonanruf vom Polizeirevier Kronberg. Der Beamte Bauer teilt mir förmlich mit, dass mein Führerschein zur Abholung bereit liege.*

*Ich übertrage Rechtsanwalt Gabel diese Aufgabe. Der „Lappen" wird mir später in dessen Büro übergeben.*

*Ich erfahre, dass der Staatsanwalt in Frankfurt die Beschlagnahme meiner Fahrerlaubnis abgelehnt hat.*

*Ausreichende Gründe seien nicht vorhanden. Warum die Rückgabe neun Tage gedauert hat, kann mir niemand erklären.*

*Ein Brief von Rechtsanwalt Schmund lässt mich weiter hoffen: In vorbezeichneter Angelegenheit habe ich mit dem zuständigen Oberstaatsanwalt, Abteilung V, Straftaten von Polizeibeamten im Dienst, Kontakt aufgenommen und ein längeres Gespräch geführt. Ich habe anschließend unverzüglich einen Schriftsatz gefertigt und in diesem Strafanzeige/Strafantrag wegen des Verdachts der gefährlichen Körperverletzung und aller weiter in Betracht kommenden Delikte gegen den namentlich bekannten POK F. und aller weiterer in den Nacht – und Morgenstunden des 31.05.2018, sich im Dienst befindlichen Polizeibeamten gestellt.*

*Weitere Recherchen und Nachforschungen werden dann unverzüglich von Herrn Oberstaatsanwalt Mackenthor betrieben, ferner habe ich angeboten, dass Sie, sehr geehrter Herr Quillmann, für weitere Rückfragen bzw. auch Vernehmungen in meiner Begleitung zur Verfügung stünden. Sofern Ihrerseits Rückfragen bestehen, stehe ich Ihnen, wie bereits angeboten, jederzeit zur Verfügung.*

*Jetzt ist mein Anliegen auf den Weg gebracht. Ich fühle mich in Sicherheit, bin davon überzeugt, dass mir Gerechtigkeit widerfahren wird. Wenn ein Staatsanwalt ermittelt, kann doch nichts schief gehen, denke ich.*

*Die körperlichen Blessuren machen mir nach wie vor zu schaffen. Arbeitsunfähig auf unbestimmte Zeit, bestätigen die Ärzte. Mit meinem Innenleben sieht es viel schlimmer aus. Meiner Umwelt zeige ich es aber nicht, ich spiele nach wie vor den Kampfbereiten. Vierzig Jahre den Rücken hingehalten, dem Staat gedient.*

*Leider muss ich schmerzhaft feststellen, dass auch dort die falschen Leute an der falschen Stelle sitzen können. Wozu das Ganze also? Da kann man doch von vorne herein den*

*Schlägertypen die Uniform anziehen, das hat schon immer funktioniert.*

*Briefe schreiben, ich muss den vorgesetzten Dienststellen Briefe schreiben. Mein Entschluss steht fest.*

*Also fange ich an. Zeit habe ich ja genug.*

*Ein Schreiben an das Innenministerium, mit der Schilderung aller Begleitumstände nach dem Motto: Geh nicht zum Schmidtchen, wenn du zum Schmidt gehen kannst, vertraue ich der Post zur Auslieferung an. Es bleibt unbeantwortet.*

*Der nächste Brief geht an den Hessischen Minister des Innern und für Sport.*

*Ich überlasse ihm sogar mein Gedächtnisprotokoll. Setze ihn zusätzlich über meinen beruflichen Werdegang in Kenntnis. Kopien aller ärztlichen Bescheinigungen lege ich bei. Und siehe da, er antwortet.*

*Sehr geehrter Herr Quillmann, ich bestätige den Eingang Ihres Schreibens vom 16. Juni 2018, in unserem Sekretariat.*

*Bitte haben Sie Verständnis, dass ich nicht wertend Stellung nehmen kann, ohne weitere Einzelheiten des von Ihnen geschilderten Sachverhaltes zu kennen. Ich werde hierzu das im vorliegenden Fall für die Ausübung der Dienst- und Fachaufsicht zuständige Polizeipräsidium in Frankfurt um Vorlage eines Berichts bitten. Sobald dieser Bericht hier vorliegt, komme ich auf die Angelegenheit zurück.*

*Ich fasse neuen Mut und informiere gleichermaßen auch meinen obersten Dienstherrn, Kultusminister L. Auch hier liegt das Antwortschreiben einer Sachbearbeiterin kurze Zeit später im Briefkasten.*

*Sehr geehrter Herr Quillmann, Ihr an Herrn Staatsminister L. gerichtetes Schreiben ist an mich zur Prüfung weitergeleitet worden. Um den von Ihnen geschilderten Sachverhalt prüfen*

*zu können, habe ich das zuständige Hessische Ministerium des Innern und für Sport und das Staatliche Schulamt für die Stadt Frankfurt, um Stellungnahme gebeten.*
*Sobald mir diese vorliegen, erhalten sie weitere Nachricht, so dass ich Sie noch um etwas Geduld bitte.*
*„Was sollte ich in meiner Situation noch mehr tun?"*

„Ich weiß wirklich nicht, was ich dazu sagen soll, mein Lieber. Das ist schwer verdauliche Kost, die du mir da anbietest. Für heute bin ich vollgepfropft mit Informationen über die schwärzesten Stunden in deinem Leben, wie ich annehme. Wir müssen morgen weiterreden, ich habe bereits Notizen angelegt, die ich noch ergänzen will. Irgendwie habe ich an deinem Fall Blut geleckt, das alles lässt mir keine Ruhe. Hast du etwas dagegen, wenn ich mir einige deiner Dokumente einscanne? Deine Geschichte möchte ich bis zum Ende erfahren. Aber morgen ist auch noch ein Tag, wie man so schön zu sagen pflegt, findest du nicht auch?" „Ja, das geht in Ordnung, ich bin jetzt auch hundemüde", pflichtete er mir bei. „Ein paar Stunden Schlaf werden uns bestimmt gut tun." Wir verabschieden uns für die Nacht. Es gelang mir noch Notizen aufzuschreiben und die Belege meinem Laptop einzuverleiben. Für etwaige spätere Recherchen, konnte das hilfreich sein.

Mitten in der Nacht schreckte ich hoch, war der Meinung, Polizisten stünden vor meinem Bett.

Nachdem ich mich vom Gegenteil überzeugt hatte, konnte ich mit großer Mühe wieder einschlafen.

Als ich am Morgen aufwachte, fühlte ich mich nicht besonders gut ausgeschlafen.

Ich traf den Sportsfreund beim Frühstück. Er schlürfte schon genüsslich an seiner Kaffeetasse.

„Guten Morgen, hast du gut geschlafen?", begrüßte er mich." Als ich verneinte, sah er mich fragend an. Ich erzählte ihm von meinem Traum. „Das kann ich gut verstehen", sagte er, „solche und ähnliche Träume verfolgen mich bis zum heutigen Tag." „Ist es denn hilfreich für dich, wenn du mir deine Geschichte bis ins Kleinste erzählst?", fragte ich ihn. „Mir hilft das sicherlich, es ist für mich wichtig, dass Menschen die mir vertrauen, diese unbegreiflichen Tatsachen weitergeben."

„Du hättest sofort an die Presse gehen sollen." „Das habe ich mir lange überlegt, aber nach Rücksprache mit dem Weißen Ring, habe ich davon Abstand genommen. Ich war felsenfest davon überzeugt Gerechtigkeit zu erfahren. Auf diesem Gebiet kannte mein Idealismus keine Grenzen", beteuerte er.

Während des Frühstücks nahm die Berichterstattung ihren Fortgang.

*Meine Blessuren heilen langsam, die blauen Flecken verschwinden, mein Sehvermögen ist wieder hergestellt. Nur die rechte Hand macht mir gewaltig Sorgen. Ich kann sie nicht mehr schmerzfrei bewegen. Nach einfachen handwerklichen Tätigkeiten schwillt sie merklich an. Vor jeder anstrengenden praktischen Arbeit schiebe ich eine Ibuprofen 600 ein. Den Heimwerker kann ich mir vorerst abschminken, ohne rechte Hand, ein Ding der Unmöglichkeit. An Sport ist überhaupt nicht zu denken. Den Trainer-Job muss ich ad acta legen. Das tut besonders weh.*

*Mein Hausarzt macht sich Sorgen um mein Seelenheil. Zusätzlich schlucke ich jetzt jeden Morgen eine Antidepressiva-Tablette. Er schlägt eine Therapie vor. Ich willige etwas missmutig ein.*

*Der Therapeut hört mir ruhig zu, macht sich dabei Notizen. Ohne Tränen schaffe ich es nach wie vor nicht, die Erinnerung kocht hoch. Noch dazu befindet sich die Praxis in der Nähe des Polizeireviers. Nachdem ich zu Ende gesprochen habe, versichert er mir an meiner Glaubwürdigkeit nicht zu zweifeln. Vor ein paar Wochen sei einem Patienten Ähnliches widerfahren. Ein Jagdgenosse aus dem Taunus, wird auf ähnliche Weise festgenommen. Die Polizisten gehen gewalttätig vor, Jagdschein und Führerschein haben sie sicher gestellt. Auf eine Anzeige hat der Mann verzichtet.*
*Genaueres kann ich leider nicht erfahren, der Therapeut beruft sich auf seine Schweigepflicht, lässt aber durchblicken, dass auch Polizisten mit erheblichen psychischen Problemen von ihm behandelt werden. Auf diesem Revier wird von bestimmten Beamten ungeheurer Druck ausgeübt, um nicht zu sagen, dort herrschen mafiöse Zustände. Allein die Selbstmorde, die von dort in den vergangenen Jahren bekannt geworden sind, sprechen Bände. Ein Beamter soll sich sogar auf Rheinland-Pfälzer-Gebiet begeben und dort mit seiner Dienstwaffe erschossen haben, damit nicht in Hessen, sondern in Mainz ermittelt wird. Offiziell nimmt dazu leider keiner Stellung. Hinter vorgehaltener Hand sagen Insider, das Kronberger Revier stehe unter besonderer Beobachtung von ganz oben.*
*Was sollte ich aber damit anfangen? Mein Glaube an die Gerechtigkeit blieb vorerst unerschütterlich. Über die*

Sommerferien behandelte mich der Therapeut mit einer sogenannten Konfrontationstherapie. Zum Abschluss läuft er mit mir in der Dunkelheit vor das Polizeirevier und lässt sich dort noch einmal die ganze beschissene Geschichte erzählen. Zu meiner eigenen Überraschung schaffe ich das

ohne besonders emotional zu werden. Doch es bleiben danach große Zweifel, ob ich in Zukunft besser mit meiner Lage umgehen kann.

Ich will noch einen alten Sportkollegen um Rat bitten, der mittlerweile als Arzt im Krankenhaus arbeitet. Auf Station erkundige ich mich nach ihm. „So, so, sie sind ein Freund von Hochwürden", sagt grinsend eine hübsche Karbolmaus. „Zweiter Gang rechts, Zimmer 14, dort werden sie ihn finden." Auf mein Klopfen hin öffnet sich die Tür. Erst erstaunt, dann strahlend, schließt er mich in die Arme. „So eine Überraschung, dich hätte ich auf keinen Fall hier erwartet." „Und ich hätte nicht erwartet, dass du auch als Seelsorger arbeitest." „Ach so, das werde ich wohl niemals mehr los." „Erzähle", zeige ich mich wissbegierig. „Weißt du, bei meinem ersten Praktikum hier in der Klinik, durfte ich wochenlang Spritzen setzen, zur Impfung, Tetanus, Muskelverhärtungen, eben zum Üben. Mein Mentor lehrte mich, nach einer einfachen Methode vorzugehen. Ich sollte immer die rechte Po-Backe in vier Viertel teilen. Dann nur noch darauf achten, geradewegs mit der Nadel in das Viertel oben rechts rein stechen, so konnte nichts schief gehen, weil dann der Ischias-Nerv nicht getroffen würde. Getreu dieser Vorgabe teilte ich dann jedes Mal mit der Hand, das mir dargebotene Hinterteil in vier Viertel und setzte die Nadel in das Karree oben rechts. Ein Patient, der mehrere Male von mir behandelt wurde, nannte mich wohl den Schwestern *gegenüber „Hochwürden". Als sie nach dem Grund fragten, hat er anscheinend geantwortet, ich sei der Einzige der sich vor dem Arsch bekreuzigt, bevor er rein sticht. Ich kann machen was ich will, das werde ich nicht mehr los. Aber genug der Belustigung, du suchst mich sicher aus einem bestimmten Grund auf. Nachdem ich ihm meinen Kurzbericht abgeliefert und seine ärztlicher Beratung entgegen genommen habe, entschließe ich mich, nach den Sommerferien den Dienst wieder aufzunehmen. Die Motivation, mein Lebensarbeitsziel zu erreichen, vierzig Dienstjahre und dann in den Ruhestand gehen, treibt mich an."*

Wir beendeten das Frühstück. Quillmann wollte mit mir hinauf zum Auerbacher Schloss, einer weiteren Sehenswürdigkeit an der Bergstraße. Als wir ins Freie traten, begrüßte uns wieder ein sonnenüberfluteter Herbstmorgen. Die wärmende Sonne vertrieb unsere Müdigkeit. Der Bus brachte uns zur Haltestelle Burgstraße in Auerbach. Er zeigte nach oben. Dort müssen wir hinauf. Ich brauchte ihn noch nicht einmal aufzufordern, er fing von alleine an zu berichten.

*Irgendwann im August bekomme ich eine Abschrift von Anwalt Schmund, gerichtet an die Polizeidirektion Frankfurt. Im Ermittlungsverfahren gegen Max Quillmann, zeige ich mit beigefügter Vollmacht an, dass ich die rechtlichen Interessen des Beschuldigten vertrete.*

*Ich bitte um Überlassung der amtlichen Ermittlungsakte nach hier, umgehende Rückgabe wird anwaltlich versichert.*

*Aber jetzt kommt es ganz dicke.*

Das Unvorstellbare geschieht. Per Zustellung, im gelben Umschlag, flattert von der Staatsanwaltschaft Frankfurt eine Anklageschrift ins Haus. Die vier Täter beschuldigen mich der Beamtenbeleidigung und des Widerstands gegen die Staatsgewalt. Damit werden aus den Tätern Opfer, das Opfer wird zum Täter. Esprit de Corps, die garantierte Sicherheit im System, auch im modernen Rechtsstaat.

Anwalt Schmund schreibt an die Staatsanwaltschaft. In dem Verfahren gegen Polizeibeamte der Polizeistation Kronberg, wird höflich nach dem Stand des Verfahrens angefragt. Meinem Mandanten wurde in der Zwischenzeit eine Anklageschrift übersandt, hier geht es um vermeintliche Verfehlungen meines Mandanten gegen Polizeibeamte der Polizeistation Kronberg. Ich füge anliegend den entsprechenden Schriftsatz an das hier zuständige Amtsgericht Bad Homburg bei.

Der Schriftsatz lautet wie folgt: In vorbezeichneter Angelegenheit teile ich der guten Ordnung halber mit, dass ich die rechtlichen Interessen des Herrn Max Quillmann vertrete. Mein Mandat hat mir ihr Schreiben vom 07.08.2018, vorgelegt.

Als rechtlicher Vertreter des Herrn Quillmann äußere ich mein Unverständnis darüber, dass nun in dem gegen ihn geführten Verfahren bereits eine Anklageschrift vorliegt, ohne dass wir informiert sind, wie der aktuelle Stand in dem Verfahren gegen die Polizeibeamten des Polizeipräsidiums Hochtaunus/ Kronberg sich darstellt. Wir finden diese Vorgehensweise für nicht angemessen, angesichts der unglaublichen Ereignisse in den Morgenstunden des 31.05.2018 und der erheblichen Verletzungen, die Herr

*Quillmann aufgrund der Übergriffe der Polizeibeamten davon trug.*

*Erst am 24.September 2018, erhält mein Anwalt von Staatsanwalt Mackenthor ein Schreiben, indem mitgeteilt wird, dass die Ermittlungen gegen die Polizeibeamten der Polizeistation Kronberg noch andauern.*

Wir kamen an einem Kriegerdenkmal vorbei. „Sag einmal, wie hast du denn diesen Tiefschlag verdaut?" „In meinem Innern wurde da langsam etwas abgetötet. Der Glaube an die Gerechtigkeit verlor seinen Heiligenschein. Einzig meine Freundin bemerkte, dass in mir etwas in Schieflage geriet. Etwas Bedrohliches, Explosives, Zerstörerisches. Eine Umwandlung, wie sie andeutete."

*Es ist Oktober geworden. In den Augen der Staatsanwaltschaft bin ich der Täter. Die Viererbande, die mich drangsaliert hat, nun die bemitleidenswerten Opfer.*

*Das Einladungsschreiben des Anwaltes lautet wie folgt: Sehr geehrter Herr Quillmann, in vorbezeichneter Angelegenheit liegt mir die Ermittlungsakte vor. Ich darf Sie höflich bitten, in den nächsten Tagen in der Zeit zwischen 09:00 Uhr und 13:00 Uhr, mit meinem Sekretariat einen Besprechungstermin zu vereinbaren, damit wir den Inhalt der Ermittlungsakte gemeinsam sichten und ggf. eine Stellungnahme abgeben können.*

*Die Sichtung der Ermittlungsakte dient zur Vorbereitung auf den bevorstehenden Verhandlungstermin.*

Durch diesen Bericht stieg in mir eine solche Wut hoch, dass ich spontan den nächstbesten Ast vom Boden aufhob und mit voller Kraft gegen einen Baum schleuderte. Krächzend flog ein Eichelhäher davon. Mein Begleiter starrte mich an. „Was ist denn in dich gefahren, hast du zu viel Kraft?" „Nein, aber was du mir da erzählst, das hält man doch im Kopf nicht aus. Da könnte ich schneeweiße Fürze lassen, so erbärmlich ist das. Mann oh Mann, wo leben wir denn? Wie mir scheint, bist du auf geistige Kleingärtner gestoßen, Hirnheimer, die wahrscheinlich gerne wieder braune Hemden tragen würden. Das Heiligtum ihres beruflichen Ehrenkodex ist demzufolge die Grausamkeit. Einzig danach zu streben lohnt es sich. Grausamkeit ist der Schlüssel zum perfekten Polizisten. Wenn man die vier mit Anhängern einer religiösen Doktrin vergleichen will, dann ist Grausamkeit ihr erstes Gebot." „Darüber habe ich auch häufig nachgedacht. Welches Klientel teilweise bei der Polizei landet, sich austobt und noch dazu über einen Schutzschirm verfügt, der seines Gleichen sucht, ist mir in den letzten beiden Jahren klar geworden."

„Komm, wir sind in zehn Minuten oben im Schlosshof, lass uns weiter gehen", sagte Quillmann.

„Was ich dir im Folgenden erzählen muss, geht nur bei einem Glas Auerbacher Rott. Ich werde ab und zu spülen müssen, sonst wird mir kotzübel."

Wir setzten uns in eine gemütliche Stube mit Blick über den bunten Schlosswald bis tief in die Rheinebene. Für ein paar Momente konnte man wirklich diese tragische Geschichte in den Hintergrund drängen. Doch ich wollte alles erfahren, dazu war ich schließlich hergekommen.

 Dieser Wein kam mir doch etwas zu trocken über die Lippen, ihm dagegen, schien er zu munden.

„Erzähl nur weiter, ich bin ganz Ohr, mich kann so langsam nichts mehr erschüttern." „Warte nur ab", sagte er und nahm den Faden wieder auf.

*Ich kann wieder Auto fahren. Zumindest am Tage, traue ich es mir zu. Sobald es dunkel wird, fühle ich mich nur in meiner Wohnung sicher. Also fahre ich alleine zu Anwalt Schmund nach Frankfurt.*

*Ein Zimmer ist für mich vorbereitet, die Akte liegt bereit. Damit ich für die bevorstehende Besprechung eine Grundlage besitze, bekomme ich ausreichend Zeit, mir die Schriftstücke in Ruhe durchzulesen.*

*Die Namen springen mir ins Gesicht. Es fällt mir nicht schwer die Gesichter zuzuordnen. POK F.- der Schwarze, der von Anfang an dabei war, mir die Medikamente verweigerte. POK B.- der Sprayer und Schläger. POK D.- der Zweimetermann, ich sehe in Gedanken die Hämatome auf meinen Armen. PHK R.- der Blonde, der Wortführer, der die gewalttätigen Polizeimaßnahmen rechtfertigte. Ich halte kurz inne, muss tief Luft holen, bevor ich fähig bin weiter zu lesen.*

*Die Buchstaben hüpfen vor meinen Augen, verschwimmen, werden klarer, ich bin im falschen Film. Der Angeschuldigte befuhr am Tattag gegen 01:40 Uhr, die Kronthaler Straße aus Richtung Schwalbacher Wald kommend in Richtung Mammolshain. Als er auf Höhe des Quellenparks zwecks Verkehrskontrolle angehalten werden sollte, missachtete er die deutlich erkennbaren Anhaltezeichen des Streifenwagens und versuchte, sich der Kontrolle zu entziehen. Nachdem es den Beamten POK B. und POK F. gelang den PKW des Angeschuldigten zum Stillstand zu bringen, wiesen sie den*

*Angeschuldigten wiederholt und unmissverständlich an, sofort aus dem Fahrzeug zu steigen. Der gesamten polizeilichen Maßnahme widersetzte sich der Angeschuldigte, indem er ein aggressives Verhalten zeigte, sich permanent gegen die Festnahme sperrte, sich losriss, als die Beamten seinen Arm ergriffen, um ihn zum Streifenwagen zu führen. Während der gesamten polizeilichen Maßnahmen beleidigte er die Beamten B. und F. darüber hinaus unter anderem als Idioten und Deppen. Die Beamten sahen sich veranlasst ihm Handschellen anzulegen.*

*Auf dem Revier setzte er sein aggressives Verhalten fort. Entgegen der wiederholten Aufforderung, versuchte er aufzustehen. POK D. musste den Angeschuldigten permanent festhalten.*

*Nachdem er nicht zu beruhigen war, sahen die Beamten POK F., POK B., POK D., und PHK R., sich gezwungen den Angeschuldigten vorübergehend in Gewahrsam zu nehmen.*

*Er lehne die Verständigung seiner nächsten Angehörigen mit dem Hinweis ab, seine Lebensgefährtin sei schwer krank und würde sich etwas antun, wenn sie erfahren würde, dass er sich im Polizeigewahrsam befinde.*

*POK F. leerte seine Hosentaschen und zog ihm Hosengürtel und Schuhe aus. Danach wurde der Angeschuldigte in die Ausnüchterungszelle verbracht.*

*PHK.R. forderte Dr. Butterbrink an, um eine Blutabnahme vornehmen zu lassen.*


Moment einmal, fuhr ich dazwischen, „das kann doch alles nicht wahr sein! Allein deine Berichterstattung ist ja kaum zum Aushalten. Ein absolutes Brechmittel. Komm, lass und wieder an die frische Luft gehen, mir wird speiübel, wenn ich höre was du da erzählst." Wir verabschiedeten uns Hals über Kopf aus dem Lokal. Das zur Hälfte ausgetrunkenes Glas Wein blieb einsam zurück. Mein Gesprächspartner war auf einmal kreidebleich. „Es geht noch weiter, ich bin noch lange nicht fertig", sprach er mit belegter Stimme.

Wir setzten uns auf eine Bank in die Sonne.

*Ein handschriftliches Protokoll von Dr. Butterbrink ist eingefügt.*

*Schwer leserliche große Handschrift, auf unliniertem Blatt, Datum: 31.05.2018.*

*Ich traue meinen Augen kaum.*

*Nervenärztliches Kurzgutachten: Betrifft, Max Quillmann*

*Er hat sich außerordentlich aufgeregt und sich ungerecht behandelt gefühlt und hat sich mit den Polizeibeamten gestritten, hat anfänglich die Blutentnahme verweigert, hat sich nur langsam beruhigt. Er hat verlangt nach Hause laufen zu dürfen. Er hat angegeben unter Diabetes zu leiden, hat gesagt seine Lebensgefährtin sei an der HWS operiert worden. Er ist ruhig geworden, durch ruhige Zuwendung der Polizisten, die ihm die Handfesseln abgenommen hatten. Er hat sich über Augenreizungen beklagt. Er ist seelisch und körperlich in einer Verfassung gewesen, in der aus ärztlicher Sicht keine Bedenken aufgekommen sind, dass ihm in der Zelle etwas passieren könnte, was ihm gesundheitlich schaden würde. Er ist haftfähig gewesen. Dr. G. Butterbrink*

*Na Bravo, denke ich. Ohne mich genauer zu untersuchen, weiß er, dass mir nichts passieren kann, wo er noch nicht einmal erkannt hat, was mir angetan wurde. Noch dazu rammt er mir zur Blutabnahme mit Hilfe zweier Polizisten die*

*Einwegnadel in die Armbeuge, ohne den Einstich zu versorgen. Ich lese im Ermittlungsbericht des Blonden weiter. Der Blutalkoholtest um 02:45 Uhr ergab 0,36 Promille. POK F. und PHK.R. entschieden, den Angeschuldigten aufgrund seiner Aggressivität weiter zur Beobachtung in Verwahrung zu lassen. POK B., und POK D., durchsuchten den PKW des Angeschuldigten auf Alkoholika und Drogen, konnten aber keine Beweismittel sicherstellen. Sie stellten einen Rucksack sicher, der die KFZ-Papiere, Ausweise und Kreditkarten enthielt.*

*Durch die Personenfeststellung erfuhren wir, dass der Festgenommenen als Landesbeamter tätig war. POK F., und POK D., die beide Familienväter sind, drückten ihre Verwunderung darüber aus, wie solch ein aggressiver Mann, im pädagogischen Bereich beschäftigt sein konnte. Sie tragen sich mit dem Gedanken, bei dessen Dienstbehörde, eine Dienstaufsichtsbeschwerde ein-zureichen.*

*Vor der Entlassung um 06:00 Uhr wurden von dem Angeschuldigten Fotos genommen. Durch die Inanspruch- nahme während der Einlieferung, wurde versäumt die Videoüberwachung für die Zelle in Betrieb zu nehmen.*

*Vorgefundene Tabletten wurden zur kriminaltechnischen Untersuchung weitergeleitet, der Führerschein beschlag- nahmt.*

*Dem Angeschuldigten wurde der Nachweis über sicher- gestellte und beschlagnahmte Gegenstände übergeben. Der Nachweis wurde von POK F. gegen-gezeichnet. Der Angeschuldigte verweigerte die Unterschrift.*

*Es ist nicht zu fassen. So arbeiten unsere Gesetzeshüter. Nein, ich darf nicht pauschalisieren, vier bestimmte*

*Gesetzesverdreher. Ab sofort haben sie Gesichter und Namen, die ich nicht vergessen kann.*

*Die Ermittlungsakte ist umfangreich. Ergebnis der Kriminal-technischen Untersuchung: Bei den zu untersuchenden Medikamenten konnten keine verbotenen Substanzen festgestellt werden. Es handelt sich um verschreibungspflichtige Medikamente.*

*Blutalkoholtest: Die Untersuchung hat einen Wert von 0,51 Promille ergeben. Die Fahrtüchtigkeit des Beschuldigten war weder durch Drogeneinnahme, noch durch Alkohol beeinträchtigt.*

*Wie konnte das auch anders sein, denke ich bei mir.*

*Ich blättere weiter, was soll denn noch kommen?*

*Polizeipräsidium Hochtaunus/Interne Ermittlung*

*Die o.g. Vorgänge wurden dienstrechtlich durch das Landespolizeipräsidium in Verbindung mit dem Polizeipräsidium Hochtaunus geprüft. Die Handlungen der eingesetzten Beamten waren der Situation entsprechend angemessen und rechtmäßig.*

*In diesem Moment betritt Anwalt Schmund den Raum. Er sieht mir an, dass ich mich im Schockzustand befinde. Meine Sprachlosigkeit füllt den Raum. Ich benötige etwas Zeit zum Durchatmen. „Unfassbar" stammele ich, „unfassbar." „Die versuchen ihre Haut zu retten, das ist alles", meint er.*

*„Herr Rechtsanwalt", sage ich, „erklären sie mir doch bitte einmal, wie eine Verkehrskontrolle abzulaufen hat. Das möchte ich jetzt zu gerne genau wissen."*

*„Allgemeine Verkehrskontrollen sind jederzeit ohne Angabe von Gründen erlaubt. Der Wagenführer muss rechts ran fahren, anhalten und den Motor abstellen. Er darf nicht gleich aussteigen, sondern muss warten, bis der Beamte an*

*sein Auto heran getreten ist. Dabei sind die Hände sichtbar auf das Lenkrad zu legen. Nach Aufforderung sind Ausweis, Führerschein und Fahrzeugpapiere zu zeigen. Gleiches gilt für Verbandskasten und Warndreieck. Die Polizei darf auch die technischen Einrichtungen wie Bremsen, Lichtanlage, die HU-Plakette, sowie den Kofferraum das Handschuhfach überprüfen.*

*Nach Drogen dürfen die Polizeibeamten erst dann suchen, wenn ein Drogentest positiv ausgefallen ist. Auf einen bloßen Verdacht hin, darf das Fahrzeug nicht untersucht werden. Wenn man einen Alkoholtest ablehnt, kann die Polizei eine Blutprobe auf der Wache verlangen, die darf ein Fahrer nicht ablehnen.*

*Sie wurden in Polizeigewahrsam verbracht. Bei einer Dauer von mehr als zwei Stunden, wie in ihrem Falle, wird auch eine zunächst lediglich als Freiheitsbeschränkung angesehene Maßnahme, zur Freiheitsentziehung. Jemanden wegen einer lediglich geringfügigen Ordnungswidrigkeit in Gewahrsam zu nehmen, ist schon dem Wortlaut der gesetzlichen Ermächtigung nach, nie zulässig.*

*Nach allen Polizeigesetzen sind Betroffene sofort zu entlassen, wenn der Grund der Freiheitsentziehung entfallen ist. Also zum Beispiel, die Identität geklärt ist oder die Gefahr nicht mehr besteht oder die Wiederholungsgefahr entfallen ist. Hier, lesen sie", fordert er mich auf.*

*Mir schwimmen langsam die Buchstaben vor den Augen. Ich konzentriere mich erneut.*

*Allgemeines Sicherheits-und Ordnungsgesetz: Wird eine Person auf Grund von § 20 Abs. 3, § 21 Abs. 3 Satz 3 oder § 30 festgehalten, ist ihr unverzüglich der Grund bekanntzugeben. Sie ist über die zulässige Rechtsbehelfe zu* belehren. Zu der Belehrung gehört der Hinweis, dass eine etwaige Aussage freiwillig erfolgt. Der festgesetzten Person ist unverzüglich Gelegenheit zu geben, einen Angehörigen oder eine Person ihres Vertrauens zu benachrichtigen, soweit der Zweck der Freiheitsentziehung nicht gefährdet wird.

„Wie soll das jetzt weiter gehen Herr Schmund, mir scheint hier wird alles verdreht. Die Fakten sind auf den Kopf gestellt. Können sie mir sagen, wohin die Reise führt?"

„Ich bin in ihrem Fall selbst sprachlos. Was sich Polizei und Staatsanwaltschaft hier erlauben, kann ich nicht nachvollziehen. Ihr Problem ist nun einmal, dass sie keine Zeugen nennen können. Bleibt zu hoffen, ihre ärztlich attestierten Verletzungen werden vom Richter in der Hauptverhandlung berücksichtigt" „Wissen sie schon, wann das sein wird?", frage ich. „Ja, die Verhandlung ist auf den 8. April im kommenden Jahr festgesetzt. Zuständig wird das Amtsgericht in Bad Homburg sein. Ich werde das zusammen mit ihnen rechtzeitig vorbereiten." In meinem Kopf rotierten die Gedanken.

Der Blonde zeichnet für die sogenannte Ermittlungsakte verantwortlich. Schwer verdauliche Kost, kann ich da nur sagen. So läuft das also ab. Plötzlich erscheint mir dieses selbstsicher grinsende Gesicht vor Augen. Der kannte sich damals mit dieser Verfahrensweise bereits aus. Der wusste aus Erfahrung wie mit „vorbezeichneter Angelegenheit" professionell umzugehen ist, als ich ihm bei der Entlassung morgens um sechs Uhr androhte, den Rechtsweg einzuschlagen. Diese Beamten waren sich ihrer Sache aber so etwas von sicher. Die konnten auf Helfershelfer zurück greifen, von denen ich keine Ahnung hatte. Das war bestimmt nicht der erste Fall, den sie so durchzogen.

*Dienstvorgesetzte, Richter und Staatsanwaltschaft, alles Bausteine im Esprit de Corps? Konnte das wirklich sein?*

*Ich hingegen hatte die Wahrheit und nichts als die Wahrheit auf meiner Seite. Einzig meine Verletzungen standen als stille Zeugen zu Buche.*

*Die Gerechtigkeit musste siegen. Wozu lebte ich in einem Rechtsstaat?*

*„Diese Ermittlungsakte strotzt vor Unwahrheiten", sage ich zu meinem Anwalt, „so etwas kann ich nicht verstehen. Wie können deutsche Polizeibeamte dazu fähig sein?" „Für die Vorgänge gibt es leider keine unabhängigen Zeugen. Die Beamten wollen ihre Haut retten, zudem sind sie zu viert. Für die Polizisten ist es jetzt zu spät etwas zuzugeben, die können nicht mehr zurück. Das hätte erhebliche dienstrechtliche Konsequenzen. Denen ist es total egal, was mit ihnen passiert. Ihr persönliches Schicksal interessiert die überhaupt nicht. Das sehen sie daran, welche schlimmen Verletzungen die Polizeibeamten bei ihnen in Kauf genommen haben. Um nicht davon zu reden, was ihnen noch alles hätte passieren können, als sie auf die Straße geworfen wurden", erklärte Schmund.*

*Frustriert verlasse ich den Anwalt. Ich lege die gleiche Strecke zurück wie damals. Trotz des Rückschlages bin ich davon überzeugt, den richtigen Weg eingeschlagen zu haben. Meine Freundin ist ebenso schockiert, nachdem ich ihr erzählt habe, was in der Ermittlungsakte steht. Besonders das Verhalten von Dr. Butterbrink bleibt auch im Nachhinein extrem unverständlich. Der ärztliche Eid des Hippokrates kommt mir in den Sinn: „In alle Häuser, in die ich komme, werde ich zum Nutzen der Kranken hineingehen."*

*Ob er dieses Versprechen beim Betreten des Polizeireviers vergessen hatte?*
*Die ganze Geschichte belastet mich mehr, als mir lieb ist.*
*Meine Nerven liegen immer häufiger blank.*
*Wo ich früher mit Bedacht gehandelt habe, rege ich mich jetzt sofort auf. Immer öfter explodiere ich.*
*Meine Umwelt nimmt es erschrocken zur Kenntnis. Wie soll das weiter gehen?*

„Da hattest du aber ordentlich dein Fett weg? ", blicke ich besorgt zu ihm hinüber. „Dein Fall wird mir immer unheimlicher, erschreckend, belastend, unbegreiflich, unfassbar. Da kann ich doch nur den großen Hass bekommen", sagte ich unter Kopfschütteln. „Was willst du aber machen, wenn du dich dein Leben lang für Gewaltfreiheit eingesetzt hast und es auch nach wie vor tun willst? Wo führt dich das hin? Wer hilft dir weiter? Meine Hoffnung lag einzig auf dieser Hauptverhandlung. Zweifel an der Gerechtigkeit, die mir vor Gericht widerfahren würde: Fehlanzeige."
Ich schaute auf die Uhr, es wurde Zeit unser Hotel aufzusuchen. Am Abend ging mein Zug. Das Wochenende war vorüber.
Komm Alter, wir müssen uns auf den Weg machen", schlug ich vor, „ich darf meinen Zug nicht verpassen."
Ist in Ordnung, einen kleinen Nachschlag muss ich dir auf dem Weg noch erzählen."

*Die Polizisten schieben noch einen Schweinerei hinterher.*
*POK D. erstattet Anzeige gegen mich bei der*

*Staatsanwaltschaft in Frankfurt. Er unterstellt mir einen Brief geschrieben zu haben, der ihn unter Druck setzte, gegen seine Kollegen auszusagen.*
*Ich übergebe den Vorgang genervt dem Rechtsbeistand.*
*Innerhalb kurzer Zeit ist die Sache aus der Welt geschafft. Staatsanwältin Sänger schreibt, dass jeder*
*Polizeibeamte des Reviers den Brief verfasst haben könnte. Zudem sei keine strafrechtlich relevante Tat zu erkennen.*
*Ein Lichtblick denke ich - so kann es weiter gehen. Doch woher kommt diese Unverfrorenheit? Das muss Methode haben. Ich kann mir wirklich nicht vorstellen, dass die bei mir so ein Ding zum ersten Mal durchgezogen haben.*

Das gemeinsame Wochenende war vorüber. Ich saß im Zug. Mit Quillmann hatte ich vereinbart, dass er mir den Rest seiner unglaublichen Geschichte per Brief übermitteln sollte. Meine Recherchen wollte ich mit Hilfe von Kollegen deutschlandweit betreiben. Diese Story musste ein Einzelfall sein. Ich konnte mir zu diesem Zeitpunkt nicht vorstellen, ähnliche Vorfälle zu finden. Nein, das konnte nicht sein.
Um meinen Freund machte ich mir große Sorgen. Er schien traumatisiert, ja zutiefst deprimiert. Was mag tief in seinem Inneren vorgehen? Seine Veränderungen erschreckten mich. Auf der anderen Seite überlegte ich mir: Wenn jemand so gelebt und gearbeitet hat wie er, was muss das für ein Schock gewesen sein? An welchen menschlichen Fundamenten wurde da gerüttelt? Für mich, unvorstellbar.
Eine Woche später erreichte mich Quillmanns Bericht.

## Kapitel II
## Der Prozess
## Quillmanns Bericht

Drei Wochen vor Beginn der Hauptverhandlung sitze ich wieder im anwaltlichen Büro.

„Zu meinem großen Bedauern muss ich ihnen mitteilen, dass unsere Anklageschrift gegen die Polizeibeamten, von der Frankfurter Staatsanwaltschaft nur als Bei-Akte zu der angesetzten Hauptverhandlung zugelassen worden ist", eröffnet mein Rechtsbeistand das Gespräch. „Das bedeutet, staatsanwaltschaftlich wird es weder ein Ermittlungsverfahren, noch die Eröffnung einer Hauptverhandlung gegen die Polizeibeamten geben. Wenn sie so wollen, stellt sich die Staatsanwaltschaft schon im Vorfeld schützend vor ihre Ermittlungs-Mitarbeiter."

„Das kann ich nicht verstehen", antworte ich, „spielen denn die vorgelegten ärztlichen Dokumente keine Rolle? Werden die einfach unter den Tisch gekehrt?" „Leider führt die Polizei ihre Ermittlungen nach wie vor intern durch. Dafür ist die übergeordnete Dienststelle der vier übergriffigen Täter zuständig. In ihrem Fall bestätigen die Vorgesetzten der Beamten, dass in betreffendem Fall, die sogenannte Verhältnismäßigkeit gewahrt wurde."

„Verstehe ich das richtig? Wird gegen Polizeibeamte wegen eines Vergehens im Dienst Anzeige erstattet, ermitteln Vorgesetzte gegen Untergebene, denen gegenüber sie sowohl aufsichtspflichtig als auch fürsorgepflichtig sind?"

„Ja, das ist im Arbeitsbereich der Exekutive immer noch so. Bisher sind alle Bestrebungen fehlgeschlagen, Ermittlungen gegen Polizeibeamte von einem neutralen Gremium durchführen zu lassen. Und das wird sich auch mit Sicherheit so schnell nicht ändern. In Umfeld der ausführenden Gewalt halten sie zusammen wie Pech und Schwefel. Die pinkeln sich doch nicht gegenseitig ans Bein. Da haben wir Anwälte schon die schlimmsten Erfahrungen machen müssen. Mir ist kein Fall bekannt, wo ein Polizist einen Kollegen aus den eigenen Reihen belastet hat. Noch extremer wird es, wenn sich ein bestimmtes Klientel in einer Schicht zusammen gefunden hat. Das müssen wir leider jetzt in diesem Zusammenhang zur Kenntnis nehmen. Selbst vor Falschaussagen in der Ermittlungsakte schreckte diese Viererbande nicht zurück. Wer aus diesem Teufelskreis aussteigt, nimmt eine Ächtung in Kauf. Wir können nur hoffen, dass das Gericht ihre Tatsachen-beschreibung anerkennt."

„Herr Schmund, sage ich überrascht, „das scheint mir aber keine erfolgversprechende Ausgangslage zu sein." Er wiegt mit dem Kopf, „wir müssen den Verhandlungsverlauf abwarten.

Doch nun zum Ablauf der Verhandlung. Bitte erscheinen sie in Business-Kleidung und pünktlich. Ich empfehle ihnen, ihren Ohrsticker zu entfernen. Richter sind in der Regel konservativ eingestellt. Wir müssen auf jede Kleinigkeit achten. Tragen sie ihre Aussage ruhig und sachlich vor. Unterlassen sie jede Unmutsäußerung bei Zeugen-befragungen. Sie müssen darauf gefasst sein, dass die Beamten noch weitere Schweinereien auf Lager haben. Die sind sich darüber im Klaren, um was es für sie dabei geht.

Denken sie an den Inhalt der Ermittlungsakte. Wie ein roter Faden sind bereits dort systematisch frei erfundene Vorwürfe gegen sie eingewebt worden. Diese Linie werden die Beamten womöglich weiter verfolgen. Auf diese Strategie müssen wir gefasst sein."

„Das wird kein leichter Tag für mich werden", gebe ich unter Kopfschütteln zu bedenken. „Von meinem Glauben an die Gerechtigkeit gibt es noch einen Restbestand. Ich kann mir nicht vorstellen, dass unsere Rechtsprechung auf einem Auge total blind sein soll." „Das hoffe ich auch, wir müssen abwarten, was die Hauptverhandlung bringen wird."

Der Anwalt verabschiedet mich mit einem festen Händedruck. Mir ist auf einmal richtig flau im Magen. Zum ersten Mal überkommt mich ein ungutes Gefühl. Hätte ich doch auf meine Kollegen hören sollen, die von einer Anzeige abrieten. „Mit deinem übersteigerten Gerechtigkeitssinn wirst du nichts erreichen." Die sich sicher waren: „Gegen Polizeibeamte hast du keine Chance, noch nicht einmal, wenn du Zeugen benennen kannst."

„Nein und nochmals nein, ich musste diesen Weg gehen."

Der Tag des Gerichtstermins rückt näher. Ich treffe mich mit Bekannten, die Richter Schmitt in Verhandlungen erlebt hatten. Verhaltensstrategien werden erörtert. Kurzhaarfrisur, Krawatte, gepflegtes Äußeres wird mir nochmals empfohlen. „Dienen auch Äußerlichkeiten der Wahrheitsfindung?", will ich wissen. „Vor Gericht spielt jede Kleinigkeit eine Rolle", bekomme ich zur Antwort. „Fast schon vergessen: Kleider machen Leute", denke ich.

In der Nacht davor schlafe ich noch schlechter. Albträume suchen mich heim. Ich wache schweißgebadet auf. Mein Hals ist wie ausgetrocknet. Kaltes Mineralwasser hilft. Gegen sechs Uhr stehe ich auf, grübeln im Bett bringt auch nichts.

Zeitig vor Zehn betreten meine Freundin und ich das Gerichtsgebäude. Langjährige Weggefährten kommen auf mich zu, umarmen mich. Freunde, Bekannte, teilweise von weither angereist, geben mir Geborgenheit. Moralische Unterstützung wird mir signalisiert. Das Treppenhaus ist voller Menschen. Junge Leute, eine Berufsschulklasse wird mir erklärt. Zwei Pressevertreter stellen sich vor, fragen ob sie nach der Verhandlung mit mir reden können. „In Anwesenheit meines Anwaltes bin ich dazu

bereit", entscheide ich. Zwei ältere Polizeibeamte in Uniform, kommen mit ernster Miene die Treppe hoch. Blicken erstaunt auf die Menschenansammlung.

Auf einer Bank sitzend, dem Hauptblickfeld entzogen, erkenne ich den Blonden und den Schwarzen.

In Zivil, „wie zwei Unschuldslämmer", geht es mir durch den Kopf.

Ein ungepflegter Kerl stürmt die Treppe herauf, zwei Stufen auf einmal nehmend. Blickt sich erschrocken um, als er oben ist. Die Menschenmenge irritiert ihn augenscheinlich. Er flüchtet auf die Treppe zum zweiten Stockwerk nach oben. Setzt sich auf eine Stufe. Schaut von oben herab. „Komischer Typ, was den hierherführt. Niemand scheint ihn zu kennen, Was will der denn hier?"

Am Eingang zum Gerichtssaal sind die Verhandlungstermine angebracht. Ich lese meinen Namen. In einer Stunde soll alles vorbei sein. „Wie, so zügig will der das durchziehen?"

Eine Hand legt sich auf meine Schulter, während ich noch nachdenke. Anwalt Schmund steht hinter mir. Er begrüßt mich freundlich, wirkt beruhigend auf mich ein. „Die Staatsanwaltschaft schickt eine Staatsanwältin. Leider hatte ich noch nie mit ihr zu tun", eröffnet er mir. Ich kann nicht einschätzen, welche Linie sie fährt."

Eine Anwältin, ich verspüre ein wenig Erleichterung. Meine Freundin blickt mich eher skeptisch an. Der Zeiger wandert auf 10:10 Uhr. Die Eingangstüre des Verhandlungssaales bleibt immer noch verschlossen. Butterbrink - Butterbrink, fällt mir ein, der ist doch auch als Zeuge geladen. Eine Mähne wie Urban Priol, die müsste doch zu sehen sein. Ich kann ihn nirgends entdecken.

10:15 Uhr, Einlass, die Zuschauer strömen hinein. Schnell füllt sich der Saal. Stühle müssen hinzu gestellt werden. Bis auf den letzten Platz besetzt. Was ist denn hier los?

In der ersten Reihe, mit geradem Rücken und stoischem Blick, die beiden Polizeibeamten in Uniform.

„Was das zu bedeuten hat?", ich weiß es nicht.

Mein Anwalt und ich, der Angeklagte, nehmen nebeneinander auf der Anklagebank Platz.

Frau Schlack, die Staatsanwältin, Richter Schmitt, der Sachverständige, Prof. Dr. med. Brutzke und ein Gerichtsschreiber betreten den Raum.

Zuschauer und Beteiligte im Gerichtssaal erheben sich. Der Richter gibt das Zeichen zum Platznehmen. Ich blicke direkt in das Gesicht der Staatsanwältin. Irgendetwas lief mir kalt den Rücken hinunter. Dieses milde Lächeln, dieser Augenglanz, irgendwie eine sanftmütige Spielart, die mich Schlimmes erahnen ließ.

Rechts daneben der Sachverständige. Richter Schmitt sitzt links von mir, in seiner unmittelbaren Nähe der Schreiber.

Die Verhandlung beginnt. Den Zuhörern werden Verhaltensregeln erteilt. Der Richter zeigt sich erstaunt über die rege

Anteilnahme und äußert seine Verwunderung über die Anwesenheit der Presse.

Er wendet sich mir zu, fragt meine persönlichen Daten ab. Ich spüre innerliche Ruhe, bin mir keiner Schuld bewusst.

Vor ihm liegen Papiere, er nimmt sie auf, beginnt zu lesen.

„Sie werden angeklagt in Kronberg, am 31.05.2018, tateinheitlich einen Amtsträger, der zur Vollstreckung von Gesetzen berufen ist, bei der Vornahme einer solchen Diensthandlung mit Gewalt oder durch Drohung mit Gewalt, Widerstand geleistet oder ihn dabei tätlich angegriffen zu haben und andere Menschen beleidigt zu haben."

Meine Gedanken beginnen zu rasen, während der Richter weiterliest. Blind vom Reizgas, Hände auf den Rücken gebunden, habe ich also Widerstand geleistet. Ich bin fassungslos.

„Sie befuhren am Tattag gegen 01.40 Uhr mit ihrem Pkw der Marke Ford – amtliches Kennzeichen MTK-PW 157- die Kronthaler Straße aus Fahrtrichtung Schwalbacher Wald kommend in Richtung Mammolshain.

Als sie auf der Höhe des Quellenparks zwecks Verkehrs-kontrolle angehalten werden sollten, missachteten sie die deutlich erkennbaren Anhaltezeichen des Streifenwagens und versuchten, sich der Kontrolle zu entziehen. Nachdem es den Beamten POK B. und Pok F. gelang, ihren Pkw zum Stillstand zu bringen, wurden sie wiederholt und unmissverständlich angewiesen, sofort aus dem Fahrzeug zu steigen. Der gesamten polizeilichen Maßnahme widersetzten sie sich, indem sie ein aggressives Verhalten zeigten, sich permanent gegen die Festnahme sperrten, sich losrissen, als die Beamten ihren Arm ergriffen, um sie vom Fahrzeug zur Dienststelle zu führen. Auf der Dienststelle versuchten sie, entgegen der wiederholt geäußerten Aufforderung dies zu unterlassen, aufzustehen. Während der gesamten polizeilichen Maßnahme beleidigten sie die Beamten POK B. und POK F. darüber hinaus unter anderem als Idioten und Deppen.

Ihre Vergehen sind strafbar nach §§ 113 I, 185, 194, 52 des Strafgesetzbuches. Der erforderliche Strafantrag wurde gestellt."

Was für ein Paukenschlag. Das ist also unter sorgfältiger Polizeiarbeit zu verstehen. Mein Anwalt hatte mich vorgewarnt. Diese vor Unwahrheiten strotzende Polizeiakte, umformuliert in die Amtssprache der Staatsanwaltschaft, obendrein garniert mit Paragraphen. Das Opfer als Täter abgestempelt. Die Staatsanwältin spielt also auch auf der anderen Seite mit. Aber mir bleibt keine Zeit zum Nachdenken.

Jetzt bin ich am Zug. Der Richter fordert mich auf, das Geschehen aus meiner Sicht darzustellen.

Trotz der inneren Erregung, ist meine Stimme deutlich und fest. Bei meiner Schilderung der Festnahme schwillt Zuhörergemurmel an. Die Anwesenden zur Ruhe mahnend, unterbricht mich Richter Schmitt. Ihm ist sichtlich etwas unwohl zu mute. Die Staatsanwältin putzt sich überlaut die Nase, als ich von den Schlägen auf meinen Kopf und den schweren Verletzungen berichtete. Wollte sie etwa kaschieren, dass die Zuschauer meiner Schilderung im Wortlaut folgen konnten?

Der Richter unterbricht mich, stoppt meine Aussage, weil Frau Schlack intervenierte. Sie verlangt zuerst den Zeugen POK B. zu hören. Der Polizeibeamte wird gerufen.

Ich traute meinen Augen kaum. Der Typ von der Treppe. Wieso habe ich den vorhin nicht erkannt? Was ist in meinem Hirn passiert? Ausgerechnet meinen größten Peiniger, den Langhaarigen, abgespalten, verdrängt, nicht mehr präsent. Wie kann so etwas sein?

Jetzt sitzt er rechter Hand vor mir. Ungepflegte, fettige Haare, mit übermüdetem, scheinheiligen Gesichtsausdruck und verschlagenem Blick. Die Kleidung verwaschen und zerknittert. Die Beamten hinter ihm schauen mit versteinerndem Blick geradeaus. Ich blicke auf seine linke Hand, ungepflegte Raucherfinger, denke ich. Es ist nicht zu fassen. Diese heruntergekommene Amtsperson schlägt auf einen gefesselten alten Mann ein. Drei weitere Feiglinge decken ihn. Wo nehmen die diese Sicherheit her? Das Opfer sitzt als Täter vor Gericht. Ich möchte laut schreien. „Nimm dich zusammen Quillmann", sagt eine innere Stimme.

Der Richter befördert mich zurück in die Realität. Er beginnt mit der Vernehmung des Zeugen POK B.


R.: „Wo ist der Beklagte ihnen zum ersten Mal aufgefallen?"

Z.: „Das muss so an den Kleingärten in der Schwalbacher Straße gewesen sein."

R.: „Wodurch sind sie denn aufmerksam geworden?"

Z.: „Ja, seine Fahrweise, er schlingerte."

R.: „Warum sind sie denn nicht sofort an dem Fahrzeug vorbeigefahren, die Straße ist doch breit genug, da wäre doch hinreichend Platz gewesen?

Z.: „Wir waren mit der Halterfeststellung beschäftigt."

R.: „Ich kenne die Straßenführung sehr gut. Auf der Strecke durch den Schwalbacher Wald, hätten sie den Angeklagten

65

doch leicht anhalten können. Warum haben sie die Kontrolle dort nicht vorgenommen?"

Z.: „Es dauerte so lange mit der Halterfeststellung."

R.: Von den Kleingärten bis zum Quellenpark sind es circa 5 km, wie schnell ist der Angeklagte denn gefahren?"

Z.: „Ja, so ungefähr 50 Stundenkilometer."

Laute Unmutsäußerungen aus dem Zuschauerraum. Der Richter schaut ermahnend nach hinten. Nur langsam kehrt wieder Ruhe ein.

R.: „Sie gelangten dann wohl an die Einmündung der Schwalbacher Straße, da ist doch die scharfe Kurve. Wie reagierten sie dort? Musste da der Angeklagte die Geschwindigkeit nicht drastisch vermindern?

Z.: „Wir fuhren direkt hinter dem Fahrzeug des Angeklagten."

R.: „Warum haben sie dort die Verkehrskontrolle nicht vorgenommen?"

Z.: „Die Zeit war zu kurz, das Fahrzeug beschleunigte schnell."

Erregte Sprachfetzen aus dem Publikum unterbrechen die Verhandlung. Die Staatsanwältin stiert auf ihre Papiere. Dem Richter steigt Zornesröte ins Gesicht.

„Das ist hier keine Unterhaltungsveranstaltung, sondern eine Gerichtsverhandlung", schreit er. „Sie können hier zuhören, das ist alles." Es dauert ein paar Minuten, bis sich alle beruhigt haben.

R.: „Ich fahre diese Strecke auch sehr oft (schüttelt den Kopf), also erst am Quellenpark gelang es ihnen, das Fahrzeug zu stoppen?"

Z.: „Ja, wir fuhren neben ihn. Er verlangsamte die Geschwindigkeit und hielt an. Wir rollten dann schräg vor sein Fahrzeug, um ihn an der Weiterfahrt zu hindern."

R.: „Schildern sie bitte den weiteren Ablauf des Geschehens."

Z.: „Ich bin zu dem Fahrzeug des Angeklagten hingerannt. Aus dem Fahrzeug drang laute Musik. Daraufhin habe ich die Fahrertür aufgerissen und sofort Pfefferspray angewendet. Der Fahrer schien mir aggressiv zu sein. Mein Kollege kam dazu. Wir haben den Mann aus dem Fahrzeug gezerrt und auf die Straße verbracht. Wir hielten ihn bäuchlings am Boden und legten ihm Handschellen an.

Die Staatsanwältin mischt sich mit ihrer gelassen klingenden Stimme ein.

Ihr Lächeln entspringt einer erkennbaren Überheblichkeit, der Glanz ihrer Augen unumstößlicher Gewissheit und die Stimme, die Stimme ist das Perfideste. Sie wirkt wie ein langsames Gift, das in meinen Körper dringt, ohne dass ich es sofort bemerke.

St.: „Herr Zeuge, beschreiben sie bitte genauer, wie sie vorgegangen sind."

Z.: „Der Mann lag bäuchlings auf der Straße. Wir haben ihn an den Schultern auf den Boden gedrückt."

St.: „Was hat er dann getan? Hat er sich bewegt, vielleicht zappelig und aggressiv die Beine bewegt, wie ein trotziges Kind?

Der Zeuge blickt sie erstaunt an, scheint nichts zu kapieren. Das Publikum stöhnt auf. Ich erkenne ebenso wenig sofort, worauf sie hinaus will.

„Bewegte sich ein Fuß dabei in ihre Richtung? Könnte man sagen, dass er nach ihnen getreten hat?"

Z.: „Ja, das könnte man so sehen."

St.: „Hat er sie getroffen?"

Z.: „Nein, berührt hat er mich nicht."

Der Richter ergreift das Wort, unterbricht sichtlich betreten die Vernehmung.

R.: „Frau Staatsanwältin, Herr Rechtsanwalt, ich schlage eine kurze Unterbrechung der Verhandlung vor, damit wir uns besprechen können. Sind sie damit einverstanden?"

Beide geben ihre Zustimmung.

Prozessbeteiligte und Zuschauer verlassen den Gerichtssaal. Wir stehen im Treppenhaus. Gedämpfte Diskussionen um uns herum. Neugierige Blicke sind auf mich gerichtet. Aufmunterndes Zunicken nehme ich wahr.

Anwalt Schmund winkt mich dezent zu sich, bittet meine Freundin hinzu. Verschwindet mit uns in die hinterste Ecke der Etage. Ich schaue auf die Uhr. Es ist bereits 11:30 Uhr geworden. Der Anwalt blickt uns etwas verlegen an. „Ich habe soeben mit dem Richter gesprochen", beginnt er, „der Richter möchte vermittelnd eingreifen, bevor die Strategie der Staatsanwältin voll zum Tragen kommt. Sie will auf Körperverletzung hinaus. Die Fußbewegung in Richtung des Polizeibeamten, die ihnen unterstellt wird, gilt als versuchte Körperverletzung. Der Richter will verhindern, dass ihnen weitere Vergehen nachgesagt werden. Von den restlichen Zeugen sind noch schlimmere Vorwürfe zu erwarten. Damit wird das Strafmaß in unerträgliche Höhe geschraubt. Ihre wohlverdiente Pension steht dann zur Disposition. Und sie haben keinen Zeugen. Die Staatsanwaltschaft in Frankfurt hat meine Anklageschrift mit den ärztlichen Attesten, leider nur als Bei-Akte zugelassen.

Aus diesem Grund schlägt der Richter § 153 vor, der besagt, dass nach der Urteilverkündung, weder der Beklagte, die Kläger - noch die Polizeibeamten, den Beklagten strafrechtlich weiter verfolgen dürfen. In dieser äußerst schwierigen Situation, kann ich ihnen nur dazu raten. Entscheiden müssen sie. Beraten sie sich bitte kurz, Richter Schmidt wartet auf meine Antwort."

Sprachlos nehme ich diese Ausführungen zur Kenntnis. Das sollte nun nach einem Jahr hoffen auf Gerechtigkeit das Ergebnis sein? Ich schaute ungläubig den Anwalt an. Was sollte ich denn bei dieser Sachlage anders tun, als zuzustimmen? Dead End Street von den Kinks, blendet sich in mein Hirn ein.

Ich blicke hinüber zu dem Blonden. Der mit seinen eiskalten, scheinbar freundlichen Augen, friedlich neben dem Schwarzen sitzt. Ich rufe mir die Ermittlungsakte vor mein geistiges Auge. Nein, dieser Typ würde vor nichts zurückschrecken, so weit, wie der jetzt schon gegangen ist.

Benommen von all diesen Blitzgedanken kann ich nur nicken. Meine Freundin fürchtet vor allem die kalkulierte Gerissenheit der Staatsanwältin. „Die ist doch von höherer Stelle geschickt, um sich schützend vor die Beamten zu stellen. Vier Nieten auf einmal, kann sich der Staat nicht leisten", meint sie, „du bist chancenlos." Ich fühle mich nach wie vor groggy, wie ein Boxer nach einer K.O.-Niederlage. Das Trauma erlebt seine Fortsetzung. Ich teile dem Anwalt meine Entscheidung mit.

Die Tür zum Gerichtssaal öffnet sich. Die Menschenmenge strömt erwartungsvoll hinein. Die Gespräche verstummen, Ruhe ist eingekehrt.

Das Gericht erscheint. Der Richter bleibt stehen, um das Urteil zu verkünden.

Unmutsäußerungen sind zu vernehmen. Ernste Blicke sorgen für Stille.

„In der Strafsache gegen Max Quillmann, wegen Widerstands gegen Vollstreckungsbeamte ergeht folgendes Urteil. Das Verfahren wird auf Antrag der Staatsanwaltschaft mit Zustimmung des Angeklagten und seines Verteidigers gemäß §153a II, vorläufig mit folgender Auflage eingestellt, dass der Angeklagte zweitausend Euro, binnen sechs Monaten an den Förderverein für die Tagesklinik für Psychiatrie und Psychotherapie e.V., zahlt und diese Zahlung dem Gericht nachweist.

Ich sacke innerlich zusammen, restlos bedient. Unfähig irgendeinen vernünftigen Gedanken zu fassen. Ich finde mich im Strom von jungen Menschen auf dem Gang wieder. Filmriss, wie bin ich da hingekommen?

Fragen der jungen Leute prasseln auf mich ein. „Was ist passiert?" Warum geht es nicht weiter?" „Wieso hat man ihnen nicht geglaubt?" „Das war doch offensichtlich, dass der Typ gelogen hat, oder?" „Wenn man ihnen schon nicht glaubt, wie wird es uns erst ergehen, wenn wir in solch eine Lage kommen?"

Der Lehrer unterbricht: „Wie soll ich nach dieser Verhandlung meinen Schülern fortan den Rechtsstaat erklären?"

Eine Hand fasst mich am Arm. Meine Vertraute zieht mich abrupt aus dem Pulk von Menschen, der sich um mich versammelt hat. Die Pressevertreter und mein Anwalt erwarten mich. Ich darf den wahrheitsgemäßen Ablauf der nächtlichen Verkehrskontrolle mit ihren Folgen noch einmal darstellen. Sie stellen Fragen, machen sich Notizen. Anwalt Schmund erklärt ihnen, dass er erwägt, eine Anklage vor einem Zivilgericht folgen zu lassen. Ein Hoffnungsschimmer.

Der Pressebericht einige Tage später liest sich wie folgt:
**Viele Vorwürfe, aber keine Anzeige mehr**
<u>Aus dem Gericht:</u> Letztlich ohne Folgen bezichtigt Polizei Angeklagten und der wiederum die Beamten rabiaten Verhaltens
<u>*Überschrift:*</u> *Bad Homburg - Extrem weit auseinander gingen am Donnerstag die Schilderungen der Beteiligten darüber, was sich in der Nacht vom 30.Mai auf den 31. Mai 2018 in der Kronthaler Straße zugetragen hat.*

Extrem weit auseinander gingen am Donnersteg im Bad Homburger Amtsgericht die Schilderungen der Beteiligten darüber, was sich in der Nacht vom 30. auf den 31. Mai 2018, auf der Kronthaler Straße bei Mammolshain und anschließend im Gebäude der Polizeistation in Kronberg zugetragen hat. Schon das große Publikumsinteresse ließ ahnen, dass mehr zu erwarten war, als nur die Behandlung der Anklagepunkte „Widerstand gegen die Staatsgewalt" und „Beleidigung gegen Polizeibeamte". Und in der Tat kamen auch Gegenvorwürfe des Angeklagten und seines Verteidigers gegen das Verhalten von insgesamt vier Polizisten aufs Tapet. Letztlich aber wurden beide Perspektiven nicht zu Ende verfolgt.

Im Strafverfahren gegen den Beschuldigten, einen 62 Jahre alten Kronberger, spielte dessen Strafanzeige verfahrenstechnisch allerdings nur eine Nebenrolle, was sein Verteidiger Thomas Schmund (Frankfurt-Eschborn) als erheblichen Nachteil seines Mandanten wertete.

Vor Gericht indes schilderte der Mann in ruhigen Worten seine Sicht jener Vorfälle, die er für erhebliche gesundheitliche Folgen verantwortlich macht. Eine Klinik, zwei Fachärzte und der ärztliche Notdienst bescheinigten dem Mann, dass er sich in jener Nacht einen Nasenbeinbruch, die Fraktur eines Zeigefinger-grundgelenks, Verletzungen der Augenbindehaut und einen Riss im Trommelfell, zugezogen hatte. Eigenen Angaben nach war er deswegen wochenlang arbeitsunfähig und wird bis heute behandelt.

Wie kam es dazu? Unstrittig ist daran nur, dass Polizei und Autofahrer gegen 2:00 Uhr auf der Kronthaler Straße in Höhe des Quellenparks aufeinander trafen. Die Einzelheiten des folgenden Geschehens ließen sich Amtsrichter Schmitt und Staatsanwältin Katia Schlack von einem der vier beteiligten und als Zeugen geladenen Polizisten genau schildern. „Ich habe den Fahrer angeschrien, er solle sofort aussteigen", berichtete der 37jährige Beamte vom Moment, nachdem sein Kollege und er mit ihrem Fahrzeug jenes des Angeklagten auf Höhe des Parks, zum Stoppen gebracht hatten.

Der Fahrer indes habe bei lauter Musik keine Anstalten zum Aussteigen gemacht, sondern sich stattdessen zur Beifahrerseite hin gebeugt – für den Beamten nach eigenen Angaben eine Szenerie, in der seine Kollegen und er, grundsätzlich gehalten sind, besondere Vorsicht walten zu lassen. Vor diesem Hintergrund sprühte er Pfefferspray in den Wagen, bevor die Beamten den Mann zu zweit ins Freie zerrten, ihn mit dem Gesicht zu Boden drückten und seine Hände auf den Rücken fesselten.

Dabei habe der Autofahrer „passiven Widerstand" geleistet, so der Zeuge. Auf der Fahrt zur Wache und auch dort, sei der Mann nicht zu beruhigen gewesen, setzte er fort. Schimpfwörter wie „Idioten, Deppen", seien gefallen. Während der Angeklagte sein Verhalten als ruhig beschrieb, merkte der Zeuge an, selten in seiner 21 Jahre langen Tätigkeit als Polizist einen vergleichsweisen aggressiven Festgenommenen erlebt zu haben.

Die von einem Arzt später vorgenommene Blutentnahme hat einen Wert von 0,51 Promille ergeben, bestätigte die Staatsanwältin aus der Anklageschrift. „Anhand der sehr auffälligen Fahrweise sind wir davon ausgegangen, es mit einem sturzbetrunkenen Fahrer zu tun zu haben", blickte der Beamte zurück. Das Fahrzeug sei ihm und seinem Kollegen zum ersten Mal einige Kilometer zuvor auf der Schwalbacher Straße aufgefallen. Es sei wiederholt über die Mittelstreifen auf die Gegenfahrbahn und Schlangenlinien gefahren. Nachdem der Fahrer mehrfach Hinweise per Lichthupe, Blaulicht und „Stopp-Polizei"- Beleuchtung ignoriert und Ausweichmanöver vorgenommen habe, hätten die beiden Beamten sich zu entschiedenem Handeln veranlasst gesehen. Der Angeklagte dagegen beschrieb seine

Fahrweise als unauffällig und wollte den Polizeiwagen erst bemerkt haben, als dieser neben ihn fuhr.

Mit Blick auf mögliche beamtenrechtlichen Folgen für den Angeklagten, wie für den Zeugen, einigten sich Staatsanwaltschaft und der Angeklagte auf Vorschlag des Richters nach einer Sitzungsunterbrechung darauf, die gegenseitigen Strafanzeigen zurückzunehmen.

Ferner hat der Angeklagte eine Geldbuße von zweitausend Euro an eine gemeinnützige Organisation zu überweisen. Sein Verteidiger schloss im Anschluss an die Verhandlung dieser Zeitung gegenüber nicht aus, Schadenersatz wegen Körperverletzung gegen die beteiligten Beamten auf zivilrechtlichem Wege einzufordern.


Quillmanns Brief endete mit dem Hinweis, dass er durch diese erniedrigenden Vorgänge, unter einer posttraumatischen Belastungsstörung leide und mir zu einem späteren Zeitpunkt sein weiteres Schicksal mündlich mitzuteilen gedenke.

# Kapitel III
## Recherchen

Betroffen legte ich den deprimierenden Brief aus der Hand. Wie kann so etwas möglich sein, dachte ich bei mir. Eine Staatsanwaltschaft, die auf der untersten Ebene mitspielt und als Schutzpatronin fungiert? Konnten sich Polizisten wirklich alles erlauben? Oder war der Fall Quillmann nur die Ausnahme von der Regel?

Zuerst wollte ich mir den Fall meines Freundes noch einmal in aller Ruhe durch den Kopf gehen lassen. Einen neutralen Standort suchen, Emotionen wegschieben.

Der unbescholtene Bürger wird mitten in der Nacht von einer Polizeistreife gestoppt. Zugegeben, er hat wahrscheinlich ein halbes Glas zu viel getrunken. Aber das wird am Fahrzeug überhaupt nicht überprüft. Die Beamten bestätigen, dass er überlaut Musik gehört hat. Also war er hellwach. Sie sprühen ihm Reizgas ins Gesicht, zerren ihn aus dem Fahrzeug, werfen ihn auf die Straße und fesseln ihn. Der Mann grauhaarig, unverkennbar im fort-geschrittenen Alter. Mit ihrer Vorgehensweise nehmen sie körperliche Verletzungen und Schädigungen in Kauf. Es interessiert sie nicht, in welchem gesundheitlichen Zustand sich ihr „Opfer" befindet. Es interessiert sie nicht, was ihr Vorgehen für Konsequenzen haben kann. Sie lassen alle Vorschriften, die bei einer Verkehrskontrolle vorgegeben sind, außer Acht. Der Festgenommene wir zur Wache gebracht. Ein Polizist verpasst ihm Schläge auf den Kopf. Fachärzte attestieren später Verätzungen der Augen, einen frisch eingebluteten Riss im Trommelfell des linken Ohres, Nasenbeinfissur. Bruch des rechten Zeigefinger-Grundgelenkes. Ärztliche

Blutentnahme gegen den Widerspruch des Inhaftierten. Der Verkehrsteilnehmer wird bis in die frühen Morgenstunden festgesetzt, was einem Freiheitsentzug gleich kommt. Er teilt den Beamten mit, dass er an Diabetes leidet und Turnus gemäß Medikamente für die Nacht einnehmen muss. Die Medizin wird ihm auf Verlangen kommentarlos mehrmals verweigert. Ein zweites Mal nehmen sie Schädigungen bis hin zur möglichen schwerwiegenden gesundheitlichen Beeinträchtigungen in Kauf. Stattdessen beschuldigen sie ihren Arrestanten des Drogenmissbrauchs und der Trunkenheit im Verkehr. Beschlagnahmen den Führerschein. Der so geschädigte und gedemütigte mündige Bürger, der dem Staat über alle Maßen vierzig Jahre gedient hat, nimmt seine Rechte als freier Staatsbürger in Anspruch und zeigt seine Peiniger, aufgrund ihrer unverhältnismäßigen Vorgehensweise, unter Hinzuziehung eines Rechtsbeistandes, bei der Staatsanwaltschaft an. Die Anzeige lautet auf schwere Körperverletzung.

Die Staatsanwaltschaft verzögert die Ermittlungen gegen die beschuldigten Beamten. Sie gibt den Polizisten Gelegenheit, den unbescholtenen mündigen Bürger, mit Hilfe einer vor Unwahrheiten strotzenden Ermittlungsakte, im Gegenzug zu beschuldigen. Dieser Anzeige wird Vorrang gegeben, obwohl sie zu einem späteren Zeitpunkt eingereicht wird. Kritiklos wird die Vorgehensweise der Beamten von der Staatsanwaltschaft akzeptiert, das Opfer vor Gericht gestellt, die Anzeige des Geschädigten bleibt ohne Erfolg, wird lediglich als sogenannte Bei-Akte während der Hauptverhandlung zugelassen.

Vor Gericht redet sich der beamtete Zeuge fast um Kopf und Kragen, ja wenn, ja wenn ihm nicht die Staatsanwältin zur

Hilfe geeilt wäre und aus einem „zappelig und aggressiv wie ein trotziges Kind" - eine versuchte Körperverletzung konstruiert hätte. Dem misshandelten Bürger stehen keine Augenzeugen zur Verfügung. Vier Polizeibeamte sind bereit das Recht zu beugen. Der Unschuldige wird im Namen des Volkes verurteilt.

Wie muss das auf einen gesunden Menschenverstand wirken? Welchem Schmerz und welchen Qualen wird die Seele ausgesetzt? Wo bleibt die Verlässlichkeit des Rechtsstaates? Gibt es womöglich noch weitere Menschen, die ihr Vertrauen in unser Rechtssystem verloren haben? Wie hoch mag die sicherlich vorhandene Dunkelziffer sein? Diesen offenen Fragen musste ich nachgehen. Wo konnte ich Antworten finden?

Kollege Dietmar aus Rodheim spricht mich an: „Ich kenne da einen Fall, der dich interessieren könnte. Was dem Sohn eines Bekannten widerfahren ist, passt zu den Erfahrungen deines Freundes. Gerade achtzehn geworden, war er zu der Party eines Kumpels auf dem Sportgelände eingeladen. Der Junge ist kein Kind von Traurigkeit und trinkt auch sein Bier wie ein Alter. Es kann gut sein, dass er ab und zu auch an einem Joint zieht. Mein Kumpel will ihn, was das angeht, nicht in Schutz nehmen. Der Sohn berichtete glaubhaft, dass an besagtem Samstag, so gegen 19:00 Uhr, ein paar Jungspunde aneinandergeraten waren. Der Streit artete in eine handfeste Schlägerei aus. Wie das heut zu Tage so üblich ist, nahm der Junge sein Smartphone und machte Fotos. Einer der Streithähne schlug ihm das Gerät aus der Hand. Der Filius meines Kollegen, ich gehe davon aus, relativ nüchtern, verließ daraufhin das Sportgelände. Noch auf dem

Nachhauseweg stellte er fest, dass sein Smartphone bei dem Gerangel beschädigt worden war und seinen Geist aufgegeben hatte. Er machte auf dem Absatz kehrt, um sich Name und Adresse des Übeltäters zu besorgen, den er wohl nur vom Sehen kannte.

Unterdessen war aber die Polizei gerufen worden und forderte alle an der tätlichen Auseinandersetzung Beteiligten auf, das Gelände zu verlassen.

Ohne die Angaben des Schadensverursachers wollte der Sohn jedoch nicht das Feld räumen.

Was folgte, waren heftige Wortwechsel mit den Polizeibeamten. Es kam sogar zu Handgreiflichkeiten.

Im Laufe der Auseinandersetzung weigerte sich der junge Mann, der Aufforderung sich einem Alkoholtest zu unterziehen, nachzukommen. Die Beamten, die anscheinend zusätzlich Drogenmissbrauch vermuteten, beschlossen kurzerhand, ihn mit aufs Revier zu nehmen.

Der Sohn muss sich wohl am Sportplatz, wie auch im Streifenwagen ziemlich aggressiv verhalten haben. Folglich landete er zunächst auf der Wache in der Ausnüchterungszelle.

Diese Auseinandersetzung mit einer erzwungenen Blutentnahme und allem Drum und Dran, führte dazu, dass man sich vor Gericht wiedersah.

Die Beamten hatten ihn wegen Widerstands gegen die Staatsgewalt und Beamtenbeleidigung angezeigt.

In der Gerichtsverhandlung verteidigte sich der Junge, indem er dem Richter erklärte, er sei weder selbst Auto gefahren, noch habe er Verkehrsregeln übertreten. Er gab zu, ein paar Bier getrunken und höchstens dreimal an einem Joint gezogen zu haben. Wozu also der Alkoholtest, fragte er das

Gericht. Die Einwilligung zur Blutentnahme habe er strikt verweigert.

Als der Arzt in die Zelle kam, hätten ihn vier Polizisten zu Boden geworfen und festgehalten, damit der Doktor die Blutentnahme durchführen konnte.

Die Aussagen der Polizisten über die Vorgänge, sollen bis zum Verbringen in die Zelle, mit denen des Jungen übereingestimmt haben.

Im Gegensatz dazu, behaupteten die Beamten, der Sohn habe zunächst seine Einwilligung gegeben, sich der Blutentnahme zu unterziehen. Er soll dem Doc. sogar auf Fragen nach seinem Gesundheitszustand geantwortet haben. Der Beschuldigte sei jedoch ausgerastet, als der Arzt die Spritze gezogen habe.

Kurz und gut, das Ende vom Lied war: In diesem gesonderten Verfahren, wurde der Sohn meines Kumpels freigesprochen. Du wirst es nicht glauben, aber diese Fallbeschreibung geht noch weiter.

Im Gegenzug trat der Sohn als Kläger auf. Der Staatsanwalt ließ die Anklage zu.

Zwei Polizeibeamte fanden sich vor dem Amtsgericht Friedberg wegen Rechtsbeugung und Körperverletzung im Amt, auf der Anklagebank wieder.

Die Staatsanwaltschaft warf den Polizisten vor, dass sie, als der junge Mann seine Zustimmung zur Blutentnahme widerrief, die Blutentnahme eigenmächtig fortsetzten, ohne die Staatsanwaltschaft oder den Bereitschafts-Richter, vorher anzurufen."

„Wie", unterbrach ich Dietmar, „bist du sicher, dass du das richtig verstanden hast?" „Aber so etwas von sicher, ich war mehrere Male dabei, als mein Kumpel diese Story erzählen musste", bestätigte er.

In meinem Kopf rotierten die Gedanken. Quillmann hatte doch auch die Blutentnahme strikt abgelehnt und die Polizisten zogen das bei ihm ähnlich durch. Wieso kam das in der Verhandlung weder durch seinen Anwalt, den Richter und erst recht durch die Staatsanwältin zur Sprache? Sollte da etwa ein Deal abgelaufen sein, in den Quillmanns Anwalt involviert war? Nicht auszudenken, wenn das stimmen sollte. Das durfte ich ihm auf keinen Fall erzählen. Das würde ihm den letzten Rest am Glauben an den Rechtsstaat nehmen.

Ich hatte Dietmar unterbrochen und forderte ihn auf, weiter zu berichten.

„Die angeklagten Beamten führten an, das aggressive Verhalten des jungen Mannes, wäre so unverhältnismäßig gewesen, dass bei Einholung einer richterlichen Verfügung, die Verletzungsgefahr zu groß gewesen wäre. An jenem Abend sei kein weiterer Beamter auf dem Revier zugegen gewesen, um ein entsprechendes Telefonat zu führen, so der mitangeklagte Schichtleiter.

Sie hätten unbedingt einen Staatsanwalt oder Richter anrufen müssen, widersprach der Richter. In diesem Fall hätten die Polizeibeamten eindeutig das Recht gebrochen. Allerdings billigte er den Angeklagten zu, von Gefahr in Verzug ausgegangen zu sein.

Daraufhin meldete sich der Staatsanwalt zu Wort und schlug vor, das Verfahren wegen geringer Schuld ohne Auflagen einzustellen. Die Beamten machten betretene Gesichter, hätten wahrscheinlich einen Freispruch lieber gehört, doch sie nahmen nach kurzer Beratung mit ihrem Anwalt, das Angebot an.

Irgendwie muss da etwas gelaufen sein, mein Kumpel meint, sie hätten keine Chance gehabt, das weiter durchzuziehen."

„Esprit de Corps, Sicherheit im System, mehr sage ich nicht dazu", antwortete ich ihm. Er sah mich mit großen Augen an. „Ich verstehe nur Bahnhof." Daraufhin schilderte ich Dietmar, was Quillmann erlebt hatte und welche Parallelen ich bei den beiden Fällen sah.

Mein privates Netzwerk war deutschlandweit bestens ausgebaut. Studienfreunde und Pressekollegen hatte ich in meine Recherchen einbezogen. Vorsichtshalber klammerte ich das Internet aus. Man konnte ja nie wissen.

Mit entsprechenden Schreiben nutzte ich das Faxgerät. Die ersten ausgewerteten Berichte klangen so:

Julia aus Recklinghausen:

Von Anfang an begleiten wir den Bau der Anlage Datteln vier mit Protesten. Zum Teil sehr alter Baumbestand, soll gefällt werden. Ich habe beschlossen etwas zu unternehmen, mich einzumischen.

Die Aktion zusammen mit guten Freunden findet am 2o.Mai statt.

Wir besetzen in der Nacht das Baustellengelände am Rhein-Herne-Kanal.

Ein herrlicher Sonnenaufgang blendet uns den Schlaf aus den Augen. Kaffeeduft streicht über das Gelände. Die friedliche morgendliche Ruhe suggeriert Urlaubsgefühle. Traumhaft, einfach traumhaft. Mitten hinein, wie ein Paukenschlag: Alarmstimmung. Schwarze, panzer-uniformierte Polizisten nähern sich dem Gelände. Kreisen uns ein. Wie in Brokdorf anno 81, mutet das an. Auf allen Seiten schwarze Gestalten, Schlagstöcke in der Hand.

Eine Lautsprecherdurchsage überlagert das gespenstige Geschehen: „Hier spricht die Polizei. Bitte verlassen sie sofort das Baugelände."

Nach kurzer Beratung einigen wir uns darauf, dass Widerstand zwecklos ist. Besonnenheit setzt sich durch. Langsam verlassen wir das Gelände, eingerahmt von schwarzen Gestalten.

Hinter mir höre ich Schritte näher kommen. Was wollen die denn, denke ich, wir befolgen doch die Anweisung. Das Getrappel kommt noch näher.

Wie aus heiterem Himmel treffen mich mehrere Schläge von hinten. Schmerzen durchzucken mein Gehirn. Ich falle nach vorne auf die Knie. Laute Schreie um mich herum. Hilfsbereite Freunde eilen herbei, um mich zu schützen. Vor Schmerzen kann ich kaum etwas wahrnehmen. Die menschliche Schutzmauer lässt mich aufatmen.

„Ich habe alles fotografiert", höre ich eine Stimme, „den Schläger kannst du anzeigen, der hat keine Chance."

Noch ganz benommen werde ich zu einem Arzt begleitet. Mein Rücken ist deutlich gekennzeichnet.

Der Doktor dokumentiert meine Verletzungen. Zeugen überlassen mir ihre Telefonnummer.

Ein befreundeter Fachanwalt für Strafrecht ermutigt mich, Anzeige gegen den Polizisten zu erstatten.

Sogar ein Videofilm, der die Polizeigewalt bestätigt, wird in der Anwaltskanzlei abgegeben.

Zusammen mit der Strafanzeige gehen alle Dokumente an die Staatsanwaltschaft.

Vier Wochen später wird mir die Anklageschrift zugestellt. Ich muss mich setzen, lese ungläubig:
Widerstand gegen Vollstreckungsbeamte und Beamtenbeleidigung.

Erschrocken lege ich den Bericht zur Seite. Genau wie bei Quillmann. Meine Vermutungen scheinen sich zu bestätigen. Esprit de Corps scheint zu funktionieren. Ich überfliege das bereits bekannte Beamtendeutsch. Die gleiche Abfolge, genau das, was ich bereits kannte. Das darf doch nicht wahr sein!
Ich verspüre die gleiche Wut, wie damals im Schlosswald. Aber mein Faxgerät werfe ich dann doch nicht zum Fenster hinaus, obwohl ich es bereits in den Händen halte.
Das gibt es doch überhaupt nicht. Der Täter wird zum Opfer, das Opfer zahlt einen hohen Preis. Ein weiteres Mitglied der demokratischen Gesellschaft, das dem Rechtsstaat wahrscheinlich verloren gehen wird.

Marcel aus Köln:
„Sternhagelvoll, drei Promille über Soll, auf Schaukelschuhen durchs Leben, auf Wolke sieben schweben", so hatten wir gesungen. Trotzdem, wie ich nach Hause gekommen bin, weiß ich nicht mehr so genau. Filmriss. Irgendwer muss mich ein Stück begleitet haben. Zumindest an das Überqueren der auch nachts stark befahrenen Zubringerstraße hinten an der Tankstelle, konnte ich mich dunkel erinnern. Jedenfalls stand ich sturzbetrunken vor meiner Wohnung. Instinktiv kramte ich den Schlüssel hervor und brachte es fertig aufzuschließen. Es muss weit nach Mitternacht gewesen sein, als ich endlich in voller Montur

auf meinem Bett lag. Der Schlaf übermannte mich augenblicklich.

Ein Alptraum? Im ersten Moment wusste ich nicht, ob ich träumte oder wach war. Krachend flog die Eingangstür zu meiner Wohnung auf. Schwarze vermummte Gestalten standen plötzlich vor meinem Bett, ihre Waffenläufe auf mich gerichtet. Behandschuhte Pratzen ergriffen mich, zerrten mich aus dem Bett. Schützend fuhren meine Hände nach oben vor Mund, Nase und Augen. Plötzlich drehte sich alles. Schläge prasselten auf mich ein. Die Arme wurden mir auf den Rücken gerissen, Handfesseln angelegt.

Realität, es ist Realität, wurde mir schlagartig klar. Mit Tritten und Schlägen stieß man mich zur Wohnungstür hinaus. Weitergereicht, in ein Polizeiauto verfrachtet. Fassungslos ließ ich alles über mich ergehen. In einem Vernehmungsraum auf der Polizeiwache kam ich langsam zur Besinnung. Kopfschmerzen, trockene Kehle, ich begann zu schlucken. Was soll das alles, ich hatte keinen Durchblick. Zwei Beamte erschienen. Ich bat um ein Glas Wasser. Kommentarlos wurde es vor mich hingestellt.

„Sie haben um Mitternacht mit Waffengewalt die Shell-Tankstelle überfallen und Bargeld erbeutet. Passanten haben den Überfall beobachtet. Die Täterbeschreibung passt genau auf sie", lautete die entschieden vorgebrachte Unterstellung. „Ich habe damit nichts zu tun", antwortete ich in meinem immer noch leicht benebelten Zustand. „Ich weiß noch nicht einmal, wie ich nach Hause gekommen bin, so besoffen wie ich war."

„Wir behalten sie zunächst einmal hier, bis wir später eine Gegenüberstellung vornehmen können", bekam ich zur Antwort."

Mein Körper befand sich in totalem Schmerzzustand. Ich war im falschen Film. Das konnte doch alles nicht wahr sein. Ich war so kaputt, dass ich auf einem Stuhl sitzend einschlief. Plötzlich waren sie wieder da, vor meinem Bett, rissen mich hoch. Erschrocken wachte ich auf. Nassgeschwitzt, schmerzerfüllt, ich wusste im ersten Moment nicht, wo ich mich befand. Hatte ich etwa geschrien? Ich wusste es nicht, riss die Augen auf.

Zwei Beamte kamen herein, fassten mich an den Armen, führten mich in einen weiteren Raum.

Ein Mann mittleren Alters mit weißem Schulterverband kam hinzu.

„Ist das der Täter", fragte ein Beamter. „Nein, auf keinen Fall. Der mit der Pistole war wesentlich älter. Den da, habe ich noch nie gesehen."

Funkstille, wortlos verließen die drei den Raum. Ich versuchte meine Gedanken zu sammeln. Es gelang mir nicht. Gefühlt verging eine Stunde. Endlich kam ein Polizist mit den Utensilien, die sie bei mir konfisziert hatten. Ich sollte eine Bestätigung unterschreiben. „Was ist mit den Verletzungen, die mir ihre Kollegen unberechtigter Weise zugefügt haben", wollte ich wissen. „Davon steht hier nichts." „Schauen sie einmal hierher, diese Blessuren müssen sie mir bestätigen, sonst unterschreibe ich nichts." Irgendwie war ich auf einmal nüchtern und klar im Kopf. Eine innere Stimme hielt mich davon ab, meine Unterschrift auch nur auf den kleinsten Wisch zu setzen. „Stellen sie sich doch nicht so an, unterschreiben sie und dann können sie gehen. Damit ist die Angelegenheit dann erledigt."

„So einfach kommen die nicht davon", war ich mir sicher. Innerer Widerstand regte sich. „Das kann ich nicht so einfach akzeptieren, was die hier mit dir treiben. So einfach werden die mich nicht los." Schweigend packte ich meine Sachen zusammen, zog meinen Hosengürtel an. „Sie werden noch von mir hören", verabschiedete ich mich. Niemand hielt mich auf, als ich den Weg alleine aus dem Gebäude herausfand. Frische Luft, ich atmete tief ein. Als ich aus dem Schatten des Gebäudes heraustrat, traf mich die Sonne wie ein Hammerschlag. Ich hielt mir die Hand vor die Augen. Alles drehte sich. Instinktiv bewegte ich mich rückwärts. Zuerst musste ich mich an das grelle Licht gewöhnen. Beim zweiten Anlauf ging es schon besser. Mein Schritt wurde sicherer, die Gedanken noch klarer. Ich schaute auf die Armbanduhr. Musste drei Mal hinschauen, 11:20 Uhr.

Mein Hausarzt fiel mir ein. Die Praxis lag nur ein zwei Straßen entfernt. Meinem erbärmlichen Zustand hatte ich es zu verdanken, dass ich sofort vorgelassen wurde.

Dr. Schlosser schaute mich ungläubig an, nachdem ich ihm von dem nächtlichen „Überfall" berichtet hatte. Er untersuchte mich von Kopf bis Fuß. „Die haben sie aber übel zugerichtet", brummte er vor sich hin. Ein höllischer Schmerz durchzuckte mich, als er meine Rippen abtastete. „Bei ihnen sind ein oder zwei Rippen angebrochen", war er sich ganz sicher. „Ich werde ihnen ein Schmerzmittel mitgeben, mehr kann man da nicht machen, sie müssen absolute Ruhe halten, um die Heilung nicht zu gefährden. Ich werde ihnen einen entsprechenden Bericht in den nächsten Tagen übersenden. Die Arbeitsunfähigkeits-bescheinigung können sie gleich mitnehmen. Wenn sie in dieser Angelegenheit mehr unternehmen möchten, wozu ich ihnen rate, müssen sie einen Anwalt aufsuchen. Der kann sicher mehr für sie tun. Vielleicht finden sie auch bei ihrem Arbeitgeber Unterstützung, denn dort werden sie bestimmt fehlen." Er wünschte mir alles Gute und entließ mich. Nach Wochenfrist sollte ich wieder bei ihm vorbeischauen.

In einem nahe gelegenen Café nahm ich ein spätes Frühstück ein und schluckte danach die erste Schmerztablette. Den Beipackzettel zu lesen schenkte ich mir. Ich wollte die Nebenwirkungen einfach ignorieren.

Von Stunde zu Stunde wurde mein Kopf klarer. In meiner Wohnung angekommen führte ich einige Telefonate mit Freunden. Nur so konnte ich den gestrigen Abend rekonstruieren. Mein nächtlicher Nachhauseweg hatte mit absoluter Sicherheit nichts mit einem Überfall zu tun. Geschweige denn, befand ich mich in besagtem Zeitpunkt in der Nähe der Tankstelle. Was war also zu tun?

Ich verordnete mir noch einen Tag des Nachdenkens.

Meine Freunde rieten mir, einen Fachanwalt zu kontaktieren. In meinem „Rundherum-sorglos-Paket", fand sich auch der entsprechende Kontrakt. Warum also nicht? Diese Absicherung wollte ich in Anspruch nehmen. Telefonisch verabredete ich einen Termin bei einem entsprechenden Strafverteidiger. Aus dem Gedächtnis heraus, notierte ich mir die bekannten Fakten, packte die schriftlichen Unterlagen zusammen und marschierte zu dem vereinbarten Termin.

Der Rechtsanwalt hörte sich meine Geschichte an, stellte häufig Zwischenfragen, las die Unterlagen. „Zusammen mit den Zeugen und den ärztlichen Unterlagen, haben sie eine echte Chance vor Gericht zu ihrem Recht zu kommen. Bei den Verletzungen sollte ein Schmerzensgeld schon drin sein."

Ich unterschrieb die Vollmacht, damit der Anwalt Anzeige gegen die Polizeibeamten erstatten konnte. Guten Mutes lief ich nach Hause und sah meiner alsbaldigen Genesung entgegen. Nach gut vier Wochen fühlte ich mich wieder fit. Der Arzt entließ mich in die Arbeitsfähigkeit. Gleich am ersten Arbeitstag lag Post von der Staatsanwaltschaft im Briefkasten.

Neugierig öffnete ich den gelben Briefumschlag. Die ersten Zeilen sprangen mir ins Gesicht. Das konnte doch nicht wahr sein. In dicken Lettern stand da wirklich geschrieben: Anklage wegen Widerstand gegen Vollstreckungsbeamte und Beamtenbeleidigung. Ich war vollständig von den Socken. Das war also das Ergebnis, wenn man sich gegen das Unrecht, ausgehend von Staatsbeamten, zur Wehr setzt.

„Schöne Bescherung", dachte ich, „so funktioniert der Rechtsstaat - und jetzt?"

In der Verhandlung musste ich mir von der Richterin anhören: „Trotz des Irrtums war der Einsatz der Beamten rechtmäßig. Als Verletzter erhielten sie Schadensersatz, also medizinische Behandlung und gegebenenfalls Verdienstausfall."

Entsetzt legte ich den Bericht auf den Tisch. Ich wollte nicht weiter lesen, das Ende kannte ich zur Genüge. „ Himmel, Arsch und Zwirn", dachte ich, wenn alle Berichte so enden, dann gibt es scheinbar ein großes Problem in unserem so geliebten Rechtssystem.

Fabian aus Wiesbaden

Ein lauer Sommerabend auf dem Freizeitgelände Rhein-wiesen. Wir wollen auf dem Bolzplatz „Liebe verbreiten." Unsere Band-Instrumente sind aufgebaut, der Soundcheck erledigt. Neue Stücke eingeübt. Da taucht dieser Typ vom Ordnungsamt auf. „Sofort aufhören!" Hier auf dem Platz ist elektrische Verstärkung verboten." Die anwesenden Fans protestieren lautstark: „Es befindet sich doch überhaupt kein Wohngebiet in der Nähe."

Wir fangen gutgelaunt an. Der Ordnungsmann ruft die Polizei. In der Pause zwischen zwei Songs hören wir das Martinshorn auf der Rheingaustraße herannahen. Marius meint: „Ich denke die haben beim Fußball genug zu tun, die Wehener spielen doch heute." Scheinbar kommen sie von dort, so voll Prass, wie sie hier anfahren. Ein bärtiger Polizist steigt aus, kommt direkt auf uns zu. Packt Marius beim Kragen, reißt ihn ohne Vorwarnung zu Boden und drückt sein Gesicht auf den staubigen Untergrund. Er verdreht ihm den Arm auf den Rücken. Zwei weitere Beamte eilen zu Hilfe. Handschellen klicken. Die umstehenden Zuschauer beginnen zu schreien. Smartphone werden gezückt, das Geschehen dokumentiert.

Gemeinsam verfrachten die Polizisten Marius in ihr Fahrzeug. Das Konzert ist beendet.

Nach Durchsicht der Filmdokumente, beraten wir uns mit fünf weiteren Zeugen und erstatten Anzeige bei der zuständigen Polizeidienststelle.

Obwohl auf dem Filmmaterial nicht zu erkennen ist, ob überhaupt und wie Marius sich gegen seine Festnahme gewehrt hat, flattert ihm eine Anzeige ins Haus: „Widerstand gegen Vollstreckungsbeamte", wird ihm erstaunlicher Weise vorgeworfen.

Bei der folgenden Gerichtsverhandlung spielt der in Wiesbaden ansässige Anwalt Stefan Jägler, der Richterin das Smartphone-Video vor. Diese tut sehr überrascht. Dabei war die Aufzeichnung der Polizei hinreichend bekannt. Daraufhin wird unser Kumpel freigesprochen. Um die Gemüter zu beruhigen, verspricht die Staatsanwältin dienstrechtliche Schritte gegen die Polizeibeamten einzuleiten. Wie wir später erfahren müssen, ist dement-sprechend nichts passiert.

Anwalt Jägler teilt Marius schriftlich mit: „Obwohl Staatsanwälte rechtlich dazu verpflichtet sind, die Anzeige-erstattenden zu informieren, musste ich bei Gericht erfahren, dass das Verfahren eingestellt worden ist. Begründung: ......„es habe kein hinreichender Tatverdacht bestanden."

Was soll man dazu noch sagen?


Einen Briefumschlag wollte ich noch öffnen. Dann sollte es genug sein. Wenn dieser Bericht auch noch so ähnlich enden sollte, musste ich mir zuerst eine professionelle Meinung einholen. Einfach nur Ergebnisse sammeln brachte mich zurzeit nicht weiter. Vor allen Dingen wollte ich wissen wie die Betroffenen mit ihren ungeheuren psychischen Verletzungen umgingen. Wie waren solche Tiefschläge langfristig zu verkraften? Wer kümmerte sich um die Geschädigten? Ich sichtete die Postsendungen. Briefzentrum Rosenheim, fiel mir ein Stempel ins Auge. Also auch Bayern. Den musste ich noch öffnen. Aus dem Kuvert entnahm ich einen mehrseitigen Brief.


Barbara aus Traunstein:

Lautes Klopfen im Treppenhaus lässt mich aufhorchen. Das kommt von der Mietwohnung unten im Dreifamilienhaus meiner Eltern. Das Parterre ist an einen alleinstehenden Herrn vermietet. Wir haben wenig Kontakt, die monatliche Überweisung der Miete erfolgt regelmäßig.

Das Klopfen wird unangenehm laut. Männerstimmen sind deutlich hörbar. Ich trete aus der Wohnungstüre. Vom Podest aus dem ersten Stock schaue ich nach unten. Zwei Polizeibeamte in Uniform machen sich an der Eingangstür zur Mietwohnung zu schaffen.

„Entschuldigung", rufe ich hinunter, „suchen sie jemanden?" „Verschwinden sie, das geht sie überhaupt nichts an." „Also hören sie einmal, sie befinden sich schließlich in unserem Haus, da möchte ich schon wissen, was vor sich geht."

Die beiden Beamten klopfen weiter mit der flachen Hand gegen die Tür. „Aufmachen, Polizei!" Der Befehlston hallt im Treppenhaus wider.

Inzwischen gehe ich den Treppenabsatz nach unten, um eine mögliche Beschädigung des Fichtenholz Türblattes zu verhindern. „Was soll das", sage ich, „sie sehen doch, dass niemand da ist." „Halten sie sich da gefälligst raus, das ist allein unsere Sache."

Mein Mann erscheint am Treppenabsatz. „Barbara, was ist denn los, was gibt es denn?" „Hier sind zwei Polizisten, die zu Herrn Dörner wollen, aber der ist nicht da."

Die beiden Beamten trommeln jetzt gemeinsam gegen die Tür. Mein Mann kommt die Treppe herunter. „Hören sie sofort auf damit, sie betreiben sinnlose Sachbeschädigung."

„Lassen sie uns gefälligst unsere Arbeit machen und verschwinden sie", schreit der ältere von Beiden. „Zeigen sie uns zuerst einmal ihre Ausweise und ihre Berechtigung, hier einfach einzudringen", fordert mein Mann sie auf.

Der Jüngere dreht sich plötzlich um, stößt ihn vor die Brust. Christian stolpert rückwärts über die erste Treppenstufe, knallt mit dem Rücken auf die Steintreppe. Schreit auf vor Schmerz. Hält sich den Rücken.

Vom Lärm des Geschehens aufgeschreckt, kommt mein Vater aus dem zweiten Stock herunter. „Jetzt machen sie aber `mal halblang", ruft er auf halber Treppe. „Noch einer", stöhnt der Beamte, „gehen sie sofort in ihre Wohnung zurück – Zuschauer sind hier unerwünscht." „Ich bin hier der Hausherr und möchte sehr wohl wissen, was in meinem Haus vor sich geht."

Hinter meinem Vater erscheint unsere Mutter. Unheil ahnend, hat sie sich mit einem Fotoapparat bewaffnet.

Kaum ist Vater unten angekommen, gehen die beiden Beamten auf ihn los. Es geht rasend schnell. Sie nehmen ihn in den Schwitzkasten, schlagen auf ihn ein. Zerren an ihm. Er fällt um. Sein Kopf schlägt auf den Boden. Beide knien auf ihm, legen Handfesseln an. Keine Rücksicht auf Verluste. Vater liegt wie leblos da. Ohnmächtig. Mutter und ich fangen an zu schreien. Christian will Vater zu Hilfe eilen. Einer der Polizisten drängt ihn ab, schlägt auf ihn ein. Würgegriff. Der andere greift zum Handy, fordert Verstärkung an. Vater kommt irgendwie wieder zu Bewusstsein. Taumelt, stützt sich mit der Schulter an der Türe ab. Hände auf dem Rücken. Wird noch einmal gegen das Holz gestoßen. Wahnsinn.

Mutter hat die ganze Zeit geistesgegenwärtig fotografiert. Irgendwie muss der Beamte das mitbekommen haben. Er stürmt auf meine alte Dame los. „Geben sie sofort die

Kamera her!" „Das ist mein Privateigentum, was haben wir eigentlich mit ihrem Einsatz hier zu tun?", wehrt sie sich.

Der Polizist reißt ihr den Fotoapparat aus den Händen. Sucht die Löschtaste. Findet sie, lässt die Bilddokumente verschwinden.

Mutter will den Foto zurück. Der Polizist stößt sie brutal weg, sie fällt über die letzte Treppenstufe.

Haut sich die Knie auf. Kommt nicht mehr hoch.

Ich eile zu ihr, will helfen. Auch ich bekomme einen Stoß ab. Mit dem Ellenbogen knalle ich gegen die Wand. Schreie auf, schmerzbetäubt. Alles aufgeschürft am rauen Putz.

Die Haustüre wird aufgerissen. Unvermittelt stehen zirka zehn Polizisten im Hausflur. „Festnehmen!" Schneidend hallt die Stimme durch das Treppenhaus. „Alle mit zur Wache!"

Wir werden abgeführt. Vor dem Haus schon ein Menschenauflauf. „Wir haben mit der ganzen Sache nichts zu tun, die wollten doch zu dem Dörner", kann ich gerade noch unserem Nachbarn zurufen, bevor ich in den Kleinbus verfrachtet werde.

Hektik auf dem Revier. Wir werden in einen Raum geführt. Vater sieht besonders ramponiert aus. Mutter mit schmerzerfülltem Ausdruck. Meinem Mann ist bereits ein Auge zugeschwollen. Er wirkt apathisch. Die Polizisten müssen kräftig zugeschlagen haben. Mein Unterarm brennt, kleine Hautfetzen stehen ab, blutunterlaufen – keine Hilfe in Sicht.

Personenfeststellung. Der ganze Papierkram läuft ab. Wir geben missmutig Auskunft, wollen nur noch weg. „Können wir jetzt endlich gehen", frage ich. „Wir haben mit der Angelegenheit unseres Mieters doch überhaupt nichts zu tun. Schauen sie doch einmal, wie sie uns zugerichtet haben?"

„Da wird es bestimmt Gründe geben", meint der Schriftführer, „Polizeibeamte wehren sich nicht grundlos."

Ich bin perplex. Nur weg hier, bevor Schlimmeres passiert. Hier erreichen wir nichts mehr.

Der Dienststellenleiter kommt. „Wir können sie jetzt entlassen. Sollen wir ihnen ein Taxi bestellen?" Ich bin einverstanden.

Der Fahrdienst rollt auf den Hof. Mein Mann findet seine Stimme wieder. „Schau dir Vater an, wir müssen sofort mit ihm ins Krankenhaus." „Ich glaube, du hast recht, uns allen geht es nicht besonders gut. Wir benötigen ärztliche Versorgung."

Der Taxifahrer blickt uns erstaunt an. „Was ist denn mit ihnen passiert? Wer hat sie denn so drangsaliert? Haben sie gerade Anzeige erstattet?"

„Die da drinnen sind die Täter", deutet Vater nach hinten. Verdutzt schaut er uns an. Ungläubig schüttelt er den Kopf.

Wir steigen ein, fahren los. „Bringen sie uns ins Klinikum, in die Cuno-Niggl-Straße", bitte ich ihn.

Dort geht alles sehr schnell. Kaum angemeldet, werden wir zu Untersuchungen weitergeleitet.

Unser Familienoberhaupt hat es natürlich am schlimmsten erwischt. Der Arzt diagnostiziert:

Schädelprellungen, Bauchtrauma, Verstauchungen der Gelenkkapseln. Stationäre Aufnahme.

Der Nächte bitte. Mein Mann kann den Kopf nicht mehr drehen. „Sie müssen zur Beobachtung hierbleiben. Kernspintomographie der HWS ist notwendig, um eine genaue Diagnose zu stellen."

Die Nächste bitte. Mutter kann sich kaum vom Stuhl aufrichten. Sie klagt über starke Schmerzen in beiden Knien und der Hüfte. Stationäre Aufnahme zur genaueren Diagnose notwendig.

Die Nächste bitte. Vor lauter Anspannung, sind meine Beschwerden irgendwo hin gerutscht. Plötzlich kommen sie zum Vorschein. Was ist denn mit meinem rechten Arm los? Ich kann ihn nicht mehr bewegen. Bei der geringsten Aktion schießt mir ein höllischer Schmerz in den Kopf. Der Arzt deutet auf mein unförmiges Ellenbogengelenk. „Sieht nach einem kleinen operativen Eingriff aus. Stationäre Einweisung. Wir müssen sie hier behandeln, damit die Schwellung schnell zurück geht. Danach können wir erst röntgen. Ich bin mir sicher, dass ein Eingriff notwendig werden wird." „Scheibenkleister", kommt es mir über die Lippen, „die Polizei dein Freund und Helfer."

„Wollen sie damit sagen, dass Polizisten sie und ihre Angehörigen so zugerichtet haben", fragt der Arzt. „Leider ja", sage ich, „aber das wird ein Nachspiel haben, das lassen wir nicht auf uns sitzen." „Ich werde ihnen die Aufnahmeberichte bei ihrer Entlassung mitgeben", verspricht mir der Arzt.

Unsere Verletzungen heilen langsam. Am schlimmsten hat es Vater erwischt. Erst nach einer Woche darf er das Krankenhaus verlassen. Ich sehe ihm an, dass er nicht nur mit den körperlichen Blessuren zu kämpfen hat. Er leidet, er muss seelisch zutiefst verletzt sein. Von früheren Kollegen so brutal behandelt zu werden, das haut den stärksten Charakter um.

Manchmal schiebt er die Vorhänge im Zimmer bei Seite und schaut hinaus in die Dunkelheit. An das, was sich vor wenigen Tagen zugetragen hat, erinnerte er sich überhaupt nicht mehr. Er selbst findet sich draußen auf dem Kiesweg im Garten wieder. Und die ganze Zeit hält er das Gesicht hinauf zum Nachthimmel. Er scheint nicht zu begreifen, was Wirklichkeit geworden ist. Die Dunkelheit ist überall. In den Bäumen, im Gras, sogar in den Kieselsteinen. Sie ist in ihm und um ihn herum. In der Dunkelheit hörte er das Rauschen der Traun. Er verliert sich darin. Steigt nicht mehr in sein Auto. Verlässt das Haus nur noch in Begleitung. Totale Stille.

„Er muss wieder aufwachen", sagt Mutter, „das halte ich so nicht aus." „Bring deinen Fotoapparat zu einem Fachmann, der kann die gelöschten Bilder bestimmt rekonstruieren. Wenn er die Bilder sieht, kann er womöglich aufwachen. Außerdem habt ihr dann ein Beweismittel", rät der Nachbar. Das lässt sich zu unserem Glück einfacher bewerkstelligen als gedacht.

Wir schauen uns gemeinsam die Bilder der grauenhaften Polizeiaktion in unserem Treppenhaus an.

Vater verwandelt sich zusehends. Begreift, was tatsächlich geschehen ist. Zumindest erkenne ich lichte Momente. Merke, dass er zu verstehen beginnt.

Rückschlag. Noch ehe wir abschließend beraten können, ob wir gegen die Polizeibeamten Anzeige erstatten, liegt ein gelber Umschlag im Briefkasten. Förmliche Zustellung.

Staatsanwaltschaft Traunstein: Anklage wegen Widerstand gegen Vollstreckungsbeamte und Beamtenbeleidigung.

Mit allem hätten wir gerechnet. Das aber, schlägt dem Fass den Boden aus. Wir halten Familienrat, ziehen einen Rechtsberater hinzu. „Das ist eine große Hausnummer", gibt er zu bedenken und empfiehlt uns einen sogenannten

Promi-Anwalt aus München. Den ersten Termin will er für uns klar machen.

Mit versammelter Mannschaft treten wir dort an. Im Gepäck, die ärztlichen Befundberichte, sowie alle Fotos vom Tathergang.

„Wir werden sofort Strafanzeige gegen die handelnden Polizeibeamten stellen. Ihre Aussagen, die Bild-Dokumente, zusammen mit den ärztlichen Bescheinigungen, liefern hinreichend begründeten Anlass für eine Anzeige. Die Staatsanwaltschaft wird das nicht ignorieren können."

Doch es kommt, wie es kommen muss. Ein dreiviertel Jahr später, sind nicht die Beamten angeklagt, nein – wir müssen auf der Anklagebank platznehmen.

Der Ablauf der Gerichtsverhandlung ist in meinem Innern in einem schwarzen Morast verschwunden. Zurzeit un- auffindbar. Mein Hirn weigert sich, diese absurden Vorgänge zurück zu spulen. Unfassbar, unwürdig, skandalös. Einzig das Bild von meinem in Tränen aufgelösten Vater bleibt bestehen. Schluchzend, an mich geklammert. Wie eingemeißelt. Alles überlagernd. Traumausfüllend. Meine Wiedergabe beschränkt sich auf das, was ich den Berichten der Journalisten entnehme:

„Der Prozess um den umstrittenen Polizeieinsatz in Traunstein, ist wegen geringer Schuld der Angeklagten, zur Überraschung der Journalisten und Beobachter, eingestellt worden. Bei dem Einsatz trugen mehrere Personen Verletzungen davon. Auf der Anklagebank saßen allerdings nicht die Polizeibeamten, sondern eine Familie, die nach dem Polizeieinsatz mehrere Tage im Krankenhaus behandelt werden musste. Zu Beginn des dritten Verhandlungstages hatte der Richter am Amtsgericht Traunstein die Prozessbeteiligten zu einem Rechtsgespräch geladen. Zunächst bot er der wegen Widerstands gegen Vollstreckungsbeamte und Beamtenbeleidigung angeklagten vierköpfigen Familie an, das Verfahren gegen eine Geldauflage einzustellen. Dies akzeptierte die Verteidigung allerdings nicht. Als Konsequenz wird das Verfahren deshalb ohne Auflagen eingestellt. Die Kosten des Verfahrens trägt der Staat. Die sich wahrscheinlich in fünfstelliger Höhe bewegenden Anwaltskosten lasten auf der Familie.

In der Begründung des Gerichts, steht das Verfahren in keinem Verhältnis mehr zu dem Schuldvorwurf. Der Vorsitzende Richter B. führt dabei prozessökonomische und finanzielle Gründe an, die ihn zur Einstellung des Verfahrens bewogen hätten. Nach Einschätzung des Richters, hat der Prozess den Umfang einer Verhandlung vor einer Großen Strafkammer angenommen. Alle Beteiligten hätten aber Demut bewiesen."

Weitere Beobachter titulierten die Verhandlungen als „unendlichen Prozess", weil das frostige Klima zwischen Verteidigung und Staatsanwaltschaft, den Fortgang immer wieder verzögerten.

„Beide Seiten erklärten nun, sie blieben bei ihren Vorwürfen. Aus finanziellen Gründen und weil der Prozess so eine Belastung sei, erklärten sich die Angeklagten aber bereit, der Einstellung zuzustimmen. Verteidiger W. nennt die Einstellung einen Teilerfolg, aber keinen Triumph. Alle gaben ein bisschen nach. Die Strafanzeige von Seiten der Familie gegen die damals eingesetzten Polizisten ist zurückgezogen, so dass auch keine juristischen Konsequenzen mehr drohen.

Es bestehe kein Interesse an der Strafverfolgung der Beamten, meinte W."

Wieder eine andere Zeitung schreibt zum Sachverhalt: „Die Familie soll laut Staatsanwaltschaft sich der Amtshandlung der Polizei widersetzt haben. Dabei trug einer der Beamten Verletzungen am Ellenbogen davon. Zwei Traunsteiner Polizisten hatten am Tag des Geschehens in dem Mehrfamilienhaus der Familie, nach einem Mann gesucht, der zu einer angeordneten Vernehmung vorgeführt werden sollte. Dabei kam es zunächst zu einer Konfrontation mit dem Ehepaar B., das ebenfalls in dem Haus wohnt. Im weiteren Verlauf des Geschehens, kamen die Eltern der Frau E. dazu. Vor Gericht sprach die Familie von einer regelrechten Gewaltorgie.

Anfänglich zwei Polizeibeamte, sollen später durch weitere acht verstärkt worden sein. Die Angeklagten berichteten von Faustschlägen, Tritten und brutalen Würgegriffen. Nach dem Vorfall mussten sämtliche Familienmitglieder stationär behandelt werden.

Vater E., der Hausbesitzer, früher selbst im Polizeidienst aktiv, sagte vor Gericht – er sei so brutal in den Schwitzkasten genommen und mit dem Kopf gegen die Wand gestoßen worden, dass er mehrmals ohnmächtig wurde - das Ganze hätte er in Todesangst durchlebt. Ein als Zeuge vernommener Polizeibeamter, will davon nichts bemerkt haben.

Die Ermittlungen gegen die Polizisten wurden nach dem Einsatz vorläufig eingestellt. Eine Neuaufnahme werde es nicht geben, so der Staatsanwalt – da es keine neuen Erkenntnisse gebe.

Die Zustimmung zur Einstellung des Verfahrens wollte die Staatsanwaltschaft der Presse gegenüber - nicht als Schuldeingeständnis der Polizisten verstanden wissen. Die Beamten hätten rechtmäßige Diensthandlungen vorgenommen.

Fassungslos legte ich diesen Teil des Berichts zur Seite. Das war noch heftiger als bei Quillmann. Starker Tobak. Mir wurde richtig gehend schlecht. Zuerst einmal frische Luft schnappen und nachdenken. Draußen schien die Sonne. Das tat gut. Gedankenverloren schritt ich hinüber in den Palmengarten. Ich setzte mich an den See. Wollte die Seele baumeln lassen. Einfach nur dasitzen, den Booten zusehen.

Einfach gedacht, doch mein Hirn spielte nicht mit. Ich konnte nicht loslassen. Die Gedanken wanderten. Quer durch Deutschland, von Nord nach Süd, von Ost nach West. Unfassbar. Also doch – wie in einer Bananenrepublik. Muss ich meinen festen Glauben an den Rechtsstaat überarbeiten? Irgendwo hatte ich einmal gelesen, dass englische Ärzte im 18. Jahrhundert Landkarten benutzten, um der Verbreitung von Epidemien Herr zu werden. So kennzeichneten sie zum Beispiel den Ort deutlich, wo eine Fieber-Erkrankung zum ersten Mal aufgetreten war. Alle weiteren Fälle wurden danach in dieselbe Karte eingetragen. Das ergab ein anschauliches Bild vom Verlauf der Krankheit. Konsequenzen konnten gezogen werden.

Was, ging es mir durch den Kopf, wenn ich eine Deutschlandkarte mit den mir jetzt schon bekannten Fällen von Polizeigewalt anlegen würde. Eine Karte mit den Städten, wo die Sicherheit im System voll funktionsfähig ans Licht gekommen war. Eine Topographie des Schauderns, die fortlaufend ergänzt werden musste?

Ich stand auf, kehrte in meine Wohnung zurück. Da lag noch dieser Bericht aus Traunstein. Meine Hand griff unweigerlich danach. Mehrere Seiten hintereinander, gefaltet. Sollte ich heute noch - oder lieber morgen? Abschalten funktionierte nicht, also weiterlesen.

Fortsetzung:
Wir kamen langsam wieder auf die Beine. Der Alltag brachte uns zurück ins Leben. Obwohl es ungeheuer schwer war, diese ganze Geschichte zu verdauen. Bis auf Vater, der schaffte es nicht.

Es geschah im Dunst. Kaum wahrnehmbar. Er saß immer häufiger in einer Ecke im Garten. Ganz still, in sich zusammengekauert, wie ein Embryo hockte er da. In ihm schien etwas zu wachsen, etwas das unaufhörlich größer wurde, das sich verschloss und unsichtbar blieb. Es musste in ihm eine Verpuppung stattfinden, die ihn völlig in Beschlag nahm. Ich glaube, es kamen Gedanken und Bilder zu ihm, von einem Ort, der außerhalb meines Vorstellungsvermögens lag. Er konnte lange so dasitzen, ehe er hinaus musste, hinunter zum Fluss.

Von Grund auf war mein Vater ein „Sohn der Sonne", nicht dieser bleiche, schweigsame, verbissene Mensch im Schatten.

Die Geschichte des Schattenmenschen aber, muss er selber erzählen. Dazu fühlt er sich heute in der Lage.

**Vater E. beschreibt die traumatischen Erlebnisse:**
Von früheren Kollegen grundlos zusammengeschlagen zu werden, ist das Eine. Danach, von denselben Polizisten, wegen Beamtenbeleidigung und Widerstand gegen

Vollstreckungsbeamte, angezeigt zu werden, das Andere. Was dem Ganzen die Krone aufsetzt ist die Tatsache, dass von vereidigten Beamten, der Staatsanwaltschaft eine mit Unwahrheiten gespickte Ermittlungsakte vorgelegt wird. Wohl wissend, der verantwortliche Staatsanwalt verlässt sich auf die schriftlichen Aussagen seiner untergeordneten Mitarbeiter. Daraus entnimmt er die einzelnen Punkte als Grundlage der Anklageschrift. Was Polizeibeamte urkundlich vorlegen, ist und bleibt Fakt.

Was dahinter steckt, ist der unerschütterliche Korpsgeist in Polizeikreisen. Die unfehlbare Lebensversicherung. Kein Polizist wird es wagen, diese Sicherheitssperre zu durchbrechen. So etwas ist gleichbedeutend mit dem Freitod. Einiges davon habe ich während meiner langjährigen Dienstzeit mitbekommen. Auch ich schaffte es nie zu einem Coming-out. Genau so wenig, wie ein Homo in der Fußball-Bundesliga, während seiner aktiven Zeit. Ein Ding der Unmöglichkeit.

Selbstzerfleischung. Spießrutenlaufen – wäre eine Spaß-veranstaltung dagegen.

Auf jedem Revier scheinen sich Kollegen zu finden, die in einem eigenen Universum leben. Ein Universum gefüllt mit Beute. Unrechtsbewusstsein ausgeschlossen. Sie sind niemandem verantwortlich. Werden von allen Seiten gedeckt. Mitgefühl - ein Fremdwort. Ob sie allerdings ruhig schlafen, weiß ich nicht. Ich erinnere mich noch an diesen Fall aus München: Polizist fand nach Todesfahrt Unterschlupf bei MEK-Kollegen - schrieb die Presse. Die Staatsanwaltschaft erhob den Vorwurf: Trunkenheit am Steuer- Tödlicher Unfall-Fahrerflucht. Der Tatverdächtige hatte Helfer beim Verschwinden von der Unfallstelle, fand bei einem Kollegen Unterschlupf. Als Zeugen geladen verweigern die Kollegen alle Auskünfte darüber, was nach dem Unfall zugetragen hat. Ein weiterer Beamter wusste von dem Unfall, meldete ihn aber nicht weiter. Die Staatsanwaltschaft ging davon aus, dass bei einem derart schweren Delikt ein Polizist auch in seiner Freizeit dazu verpflichtet sei, davon Meldung zu machen. Da gebe es keinen Ermessensspielraum. Der Leiter des MEK bestätigte vor Gericht: Unter seinen Leuten, die sich immer wieder in gefährlichen Situationen bewähren und aufeinander verlassen müssten, sei der Zusammenhalt besonders groß. Durch spezielle Lehrgänge werde dies sogar herangebildet. Von einem Korpsgeist wollte er jedoch nicht sprechen. Den gäbe es unter seiner Verantwortung nicht und er würde so etwas auch auf keinen Fall dulden. Dass ich nicht lache!

Jetzt trifft es mich selber. Ich muss dem Esprit de Corps vor Gericht in die Augen sehen. Er blendet mich. ER verblendet mich. Auch der Staatsanwalt konnte dem grellen Lichtstrahl nicht ausweichen. Kein Durchblick.

Kein Ausweg in Sicht. Geradewegs zwischen die Lichter. Schaflose Nächte, durchgeschwitzt.

Hundertmal alles wieder hochgekommen. Ausweglos. In meinem Kopf beginnt die Hirnwäsche. Langsam dreht sich die Trommel. Dann folgt der Schleudergang. Alles rotiert. Spülung. Was bleibt ist der Dreck.

Wenn ich mich jetzt morgens im Spiegel betrachte weiß ich nicht, dass ich einen Betrug anstarre. Es ist nicht wahr. In Wirklichkeit starre ich mich nicht selbst an, sondern eine Art Lüge. Eine Lüge, mit blutunterlaufenen Augen. Auch meine Augengläser sind eine Lüge. Von der Nase ganz zu schweigen. Die erwähne ich am besten überhaupt nicht. Es ist eine für mich bedeutsame Nase, schön und gerade. Genau zu mir passend. Sie steht für etwas Formgebendes, Starkes. Eine Art Kraft, auf die ich mich immer verlassen konnte. Dies alles aber ist jetzt Lüge. Ich weiß es schon beim ersten Mal, als der Neue in mir erwacht. Aber meine Gedanken weigern sich, mir zu gehorchen. Sosehr ich es auch versuche, sie schweifen ab. Plötzlich liege ich auf dem Boden, ohne mich erinnern zu können, gefallen zu sein, je gestanden zu haben und trotzdem habe ich den Geruch von frischer Gartenerde in der Nase. Hände und Stimmen sind da, doch wo ist meine Aufmerksamkeit für sie? Irgendwo auf dem Grund meiner selbst, lebt dieser andere und auf den kommt es jetzt an. Vermutlich hat dieser andere meine Augen schmal und trüb werden lassen. Eigentlich gehöre ich der Sonne. Doch diese Nacht, diese dunkle Kluft in meinem Innern, habe ich nicht unter Kontrolle. Sie reißt mich in zwei Stücke. Es geschieht, dass sich Lüge und Wahrheit in mir trennen. Doch sie müssen in derselben Wohnung leben. Vielleicht machen sie sogar den Menschen aus. Wer kennt schon die Antwort?

Ich schreibe an den Innenminister, trage meinen Fall vor, bitte um Unterstützung. Er verweist lediglich auf das Urteil. Sackgasse. Ebenso bitte ich den Polizeipräsidenten in Rosenheim um Hilfe. Auch hier werde ich abgekanzelt. Ende der Fahnenstange. Wie sieht es aus, wenn ich zivilrechtlich gegen die Beamten vorgehe, Schadenersatz und Schmerzensgeld verlange? Alle Unterstützer raten ab. Keine Chance. Was bleibt ist unendlicher Frust.

Dann noch diese andere Hiobsbotschaft. Meine private Krankenkasse weigert sich, die Kosten der Behandlung im Krankenhaus zu erstatten. Weigert sich, die langfristig angelegte Psychotherapie zu genehmigen. Schickt dann noch diesen hoch dekorierten Anwalt aus Hamm vor. Der schreibt tatsächlich, ich könne mir doch nicht einbilden, weil ich angeblich von Polizeibeamten unrechtmäßig behandelt worden sei, aus diesem Grund, einen stationären Aufenthalt im Krankenhaus geltend machen zu wollen und unter dem Eindruck dieser Ereignisse, auch noch psychotherapeutische Behandlung zu beantragen. Ergebnis: Antrag abgelehnt. Dabei bezieht sich dieser Rechtsverdreher auch noch auf das Reichsgericht, welches schon hervorgehoben habe, eine Versicherung sei auf die Zuverlässigkeit des Versicherungsnehmers angewiesen. Das Reichsgericht, mit seinen unsäglichen Urteilen von Dreiunddreißig bis Fünfundvierzig. Nicht zu fassen. Dann noch diese Portion Unkenntnis oder auch Ignoranz, obendrauf: „.... mein Zustand habe sich innerhalb weniger Wochen normalisiert." Der nächste Anwalt bitte.

Ablenkung - diese Musik dringt in meine Ohren: „You`ve Got Another Thing Comin`"! „Wer ist das, welche Musik läuft da gerade", frage ich draußen im Haslacher Feld den Verkäufer. „Da staunen sie, was es im Media-Markt alles gibt. Das ist doch ihre Altersgruppe. Schauen sie einmal bei Heavy Metal nach Judas Priest, da finden sie noch mehr von der Sorte." Diese Sparte ließ ich bisher links liegen. Jetzt zieht sie mich wie magisch an. Ich setzte die Kopfhörer auf. Priest ...live! Metal Gods, ich komme nicht mehr davon los. Wo immer ich mich alleine aufhalte: Some Heads Are Gonna Roll. Gefolgt von: The Sentinel. Living After Midnight. Die Veränderung läuft. Ich habe nichts mehr im Griff. Nach außen der Alte. Innendrin unter Verschluss. Wo ist der unsichtbare Ausgang?

Der Geheimpfad, den niemand entdecken kann? Das gesichtslose Ventil?

Die Kompensation, der Ausgleich der erlittenen Demütigung, wo sucht sie sich einen Weg?

Ich lese historische Romane. Wikinger-Ideologie. Mit Thor und Odin im Rücken, verliert der Tod seine Schrecken.

Wo sind die früheren Kollegen, Freunde? Grußlos ignorieren sie mich. Absolute Benommenheit. Wie weiter leben? Macht es einen Sinn?

Ich rutsche immer tiefer in meine eigene Welt. In eine neue Geisteshaltung. Lebensmüdigkeit. Fantasiegebilde – wie kann ich es beenden? Die Eisenbahnlinie bietet sich an. Das hat schon bei vielen funktioniert. Oder doch der Chiemsee? Vielleicht die Badewanne – und rein mit dem Fön? Die Familie - alle Verbindungen gekappt? Nein!

Ein Kaplan wird zu mir ins Zimmer geführt. Will mir weis machen, dass ich Trost beim Allmächtigen finden kann. Seine Religion besitze ebenso eine theologische Grundlage wie unsere demokratische Rechtsform. Dass ich nicht lache antworte ich: „Schon Moses hat mit seiner „angeblichen Verfassung", sein Volk hinters Licht geführt, indem er das von ihm selbst ersonnene Gesetz, das zu nichts anderem diente als zur Disziplinierung des Menschen, als von Gott gegeben ausgab."

Der Kaplan starrt mich an, ihm fehlen die Worte. Schnell schiebe ich noch hinterher: „Das Ausmaß des Unglücks, der Gewaltausbrüche und Kriege, die er damit über die Christenheit der Welt gebracht hat, ist doch erdrückend. Jesus hingegen meine ich, hat doch dann edlere Absichten verfolgt, seine Lehre ist auf Vernunft aufgebaut, wenn ich dem Apostel Paulus Glauben schenken darf. Was ist aber, wenn man alles miteinander verknüpft.

Die Naturwissenschaft, Kunst, Chemie, Medizin und Religionen?" Die Tür fällt ins Schloss. Das war s dann wohl mit der Audienz.

Kurz vor der Endstation reißt mich meine Tochter aus dem Schlamassel.

„Steig ein", sagt sie. Ich setzte mich folgsam auf den Beifahrersitz. „Wo fahren wir hin?" „Du wirst schon sehen."

Max-Josef-Platz, Rosenheim. Wir steigen aus. Meine Tochter klingelt an einem Hauseingang.

Dr. med. B. Psychotherapeut. Ich besitze keine Kraft zur Gegenwehr. Wozu auch, es ist meine Rettung.

Aber: Es gibt Erinnerungen, die haben kein Verfallsdatum.


Wie benommen, legte ich den Brief aus der Hand. Unfähig einen klaren Gedanken zu fassen. Ich musste mit jemanden darüber reden. Ein Kollege fiel mir ein. Zu diesem Thema hatte er einen Beitrag geschrieben. Kurz nach zehn, das ging noch. Er meldete sich. Ich komme sofort zum Thema.

„Diese Fälle sind fortlaufend aktuell", sagte er. „Meine Überschriften-Sammlung hört sich so an: <Polizeischüsse auf Menschen sind keine Seltenheit.> < Der Beamte ist ausgetickt.> <Das ist der Korpsgeist der Polizei.> <Polizist schlägt Frau mit Faust ins Gesicht.> <Beamte verstricken sich in Widersprüche.> <Polizeipräsident nennt Faustschlag konsequent.> <Polizisten schon einmal unter Verdacht.> <Staatsanwaltschaft leitet kein Verfahren ein.> <Wenn Polizisten zu Schlägern werden.>

<Prügelpolizisten in der Klemme.> <Nach Todesfall: Ermittlungen gegen Polizisten.> <Polizeiübergriffe im

rechtsfreien Raum.> < Schläger in Uniform>" „Stopp!" Ich brüllte ins Telefon, „Ich bin bedient!" „Was hast du denn erwartet?" „Du hast ja recht, vor mir liegt noch ein Stapel

ungeöffneter Briefe. Ob ich mich an die heranwage, muss ich mir noch reiflich überlegen. Aber den obenliegenden von Ullrich Trapper, werde ich noch in Angriff nehmen." „An deiner Stelle würde ich Kontakt mit Professor S. in München aufnehmen. Das ist ein Strafrechtsexperte, der mit seinen Studenten eine Untersuchung zu diesem Thema laufen hat." „O.K., danke für den Rat, wir sehen uns morgen in der Redaktion. Für heute bin ich erledigt."

Es folgte eine ruhelose Nacht. Die Bilder aus Traunstein besuchten mich in meinen Träumen. Ich wurde von Polizisten verfolgt. Ständig auf der Flucht, ich fand keinen Ausweg.
Als es Tag wurde, wachte ich schweißgebadet auf. „Wie viele Tage und Nächte musste es wohl den Gepeinigten so gehen", dachte ich. Wie die Täter im System geschützt wurden war mir jetzt klar geworden. Aber was war mit den Opfern?

### Ullrich Trapper aus Ottensen
An einem eisigen Januartag fahre ich mit dem Fahrrad nach Hause. Nebenher trage ich Briefe aus, ein Zubrot zur Rente. Bin unter Druck, gerade eben habe ich Insulin gespritzt. Ich leide unter schwerem Diabetes, fünf Bypässe in meiner Brust. Das bekannte Gefühl der Unterzuckerung steigt mir in den Kopf. Irgendwie fahre ich in Schlangenlinien. Hoffentlich denken die Leute nicht, ich sei am helllichten Tage besoffen.

Den Streifenwagen der sich mir nähert bemerke ich zu spät, weil mir der Klaus Maschke aus dem Fenster zuwinkt. Auf einmal steht das Fahrzeug schräg vor mir.

Zwei Beamte steigen aus. Der Fahrer bleibt im Wagen sitzen. Sofort fordern sie mich auf, in ein Alkoholmessgerät zu pusten. Ich weigere mich vehement. Erkläre, dass ich zuckerkrank bin und fordere stattdessen eine Blutentnahme, was meine Darstellung beweisen würde. Sie lehnen ab. Genervt sage ich: „Wenn man euch wirklich braucht, seid ihr nie da, wie die Firma Rast und Ruh: morgens geschlossen - mittags zu."

Und schon liege ich auf dem Gehweg, zwei Polizisten über mir, mein Gesicht wird auf das Verbundsteinpflaster des Bürgersteiges gepresst. Sie bringen mich auf die Wache. Vor so viel Härte gebe ich mich geschlagen und puste schließlich in den Alkoholtester. Das Messgerät zeigt einen Alkoholwert von 0,0 Promille an. Ich darf nach Hause gehen. Ich habe Todesangst gelitten, meine Hose ist zerrissen, mein rechtes Knie aufgeschürft. Als wenig später Herr Maschke bei mir eintrifft und mich begutachtet, stellt er noch Blutergüsse und mehrere Schürfwunden fest. „Ich war viele Jahre Schöffe am Gericht, diese Sache dürfen sie nicht auf sich beruhen lassen. Die haben sie ja behandelt, wie ein Stück Vieh. Sie können mich gerne als Zeugen benennen. Gehen sie am besten sofort zu ihrem Hausarzt und lassen sich die Verletzungen attestieren. Ich rufe jetzt auf dem Präsidium an und schildere denen den Vorfall."

Von Arzt zurück, klingelt schon das Telefon. Der Diensthabende des Präsidiums möchte mit mir ein persönliches Gespräch führen. Auf Anraten von Herrn Maschke, lehne ich ab. Nach dem was passiert ist -

Augenzeuge vorhanden, die Verletzungen ärztlich bestätigt - bestehe ich auf einer schriftlichen Anzeige. Das Schreiben lege ich am nächsten Tag persönlich im Präsidium vor.

Im Gegenzug bekomme ich meinerseits ein Formular vor mich auf den Tisch geknallt, Vorwurf: „Sie haben sich der Festnahme widersetzt und Polizeibeamte getreten. Anzeige: Widerstand gegen Vollstreckungsbeamte."
Es kommt zur Verhandlung vor dem Amtsgericht. Meine Anwältin begleitet mich. Übereinstimmend sagen drei Beamte aus, der Angeklagte habe sich massiv gewehrt und wollte sich der Kontrolle entziehen. „Der Eine blieb doch im Fahrzeug sitzen", protestiere ich. „Was will der denn gesehen haben?" Mein Zeuge sei zu weit weg gewesen, der könne bestimmt nicht alles gesehen haben, meint die Staatsanwältin.
Das Ende vom Lied, ich soll 200 Euro Strafe zahlen. Das sehe ich nicht ein.
Ein zweiter Gerichtstermin wird angesetzt. Ergebnis: Erhöhung der Strafe auf 600 Euro oder als Sozialstunden abzuleisten. Was bleibt mir anders übrig? Ich arbeite die Stunden in der Gemeinde ab, darf fleißig Laub zusammenrechen.
Einige Zeit später frage ich bei meiner Anwältin nach, was denn aus meiner Anzeige gegen die Polizisten geworden ist? Hintenherum will sie erfahren haben, dass das Ermittlungsverfahren bereits eingestellt ist. „Die Behörde hat ihre Bemerkung aus der ersten Verhandlung zum Anlass genommen - Sie wollten keine große Sache daraus machen - die Ermittlungen einzustellen."

Das alles wegen einer Tat, die ich nicht begangen habe. Eine Absprache unter Beamten, die seinesgleichen sucht.

Letzter Versuch. Polizei-Beschwerdestelle.

Meine Fallbeschreibung reiche ich via Einschreiben dort ein. Endlich, nach acht Wochen liegt das Antwortschreiben in meinem Briefkasten.

Kurz und bündig:

„Sehr geehrter Herr Trapper,

wir stellen gerichtliche Entscheidungen nicht in Frage. Bei den beteiligten Polizeibeamten konnte kein Fehlverhalten festgestellt werden."

Ich erinnere mich dunkel bei Tennessee Williams gelesen zu haben: „Lüge ist das Gesetz unseres Lebens. Es gibt zwei Wege daraus: Alkohol ist der eine und Tod der andere."


„Sekretariat Professor S.", meldete sich eine angenehm weibliche Stimme mit bayerischem Akzent. „Was kann ich für sie tun?"

Meine erste Aktion an jenem Morgen. Alles andere hatte Zeit. Ich trug meinen Wunsch nach einem Gesprächstermin vor. „Kommenden Freitag könnte ich sie einschieben, das würde passen, sagen wir 11:30 Uhr, wäre ihnen das recht?"

„Ich werde kommen, danke schön. Ich freue mich sehr, so schnell einen Termin zu bekommen."

Ich nahm den Zug nach München. Das Büro in der Ludwigstraße erreichte ich mit dem Taxi.

Der Professor, ein großer schlanker Mann um die vierzig, schaute mich interessiert an. „Meine Sekretärin hat mich auf ihr Anliegen vorbereitet", begann er das Gespräch, „bitte stellen sie ihre Fragen, meine Zeit ist begrenzt."

Interview mit Professor S., München:

*Herr Professor, Polizisten gehen bei Kontrollen häufig härter vor als erlaubt. Sollten sich die Betroffenen jedoch wehren – angeklagt werden diese übergriffigen Beamten in Wirklichkeit selten.*

S.: Besonders bayerische Polizisten haben sich da einen Namen gemacht. Denn per Gesetz, besitzen sie auch mehr Befugnisse als die Kollegen aus anderen Bundesländern. Sollten sie dennoch ihre Grenzen überschreiten, müssen sie sich dafür verantworten.

*Warum sind denn Anzeigen der Geschädigten nur sehr selten erfolgreich?*

S.: Überschreiten Beamte Grenzen, dann heißt es meistens von übergeordneter Stelle: Bedauerlicher Einzelfall. Das tatsächliche Ausmaß von Polizeigewalt kann man nur schwer beziffern. Nach unseren Untersuchungen gilt es als sicher, dass von Einzelfällen keine Rede sein kann. Die Theorie mit den schwarzen Schafen, hat sich somit erledigt. Die Polizei hat ein strukturelles Problem mit Gewalt in ihren Reihen, das belegen unsere Untersuchungen. Diese Tatsache sollte anerkannt werden, damit in den Reihen der Polizeibeamten eine bessere Fehlerkultur entwickelt werden kann. Solange diese Dinge als Kavaliersdelikt betrachtet werden, bleiben die Probleme bei der Ahndung bestehen.

*Können sie denn überhaupt auf statistische Zahlen zurück greifen?*

S.: Nach unseren Forschungen gibt es 12.000 Verdachtsfälle illegaler Polizeigewalt bundesweit pro Jahr. Daneben gehen wir aber auch von einer großen Dunkelziffer aus. Nach dem, was wir bisher wissen, gehen wir davon aus, dass das Feld im Dunkeln mehr als fünfmal so groß sein muss, wie das im

Hellen. Das Anzeigeverhalten der Bundesbürger hängt natürlich von den Erfolgsaussichten ab, die einer Anzeige beigemessen wird. Die kriminologische Forschung belegt das eindeutig, weil die Vorfälle nur selten strafrechtlich geahndet werden. Dabei spielt vor allem das Vertrauen in die Strafverfolgungsbehörden eine große Rolle. Bei Opfern rechtswidriger Beamtengewalt ist dies eher weniger vorhanden, denn die Staatsanwaltschaften erheben durchschnittlich nur in etwa zwanzig Prozent der Ermittlungen Anklage.

*Konnten sie regionale Unterschiede feststellen?*

S.: Meine Studenten wagten die These, die Probleme seien in Großstädten ausgeprägter als auf dem Land. Zudem gäbe es „Einheiten mit einem besonderen Ruf."

Wir fanden heraus, dass zum Beispiel die Kölner und Hamburger Einsatzhundertschaften als besonders hart durchgreifend angesehen werden. In Köln bleibt sogar die Karnevalszeit nicht ausgespart.

Auch das bayerische Unterstützungskommando (USK), genießt einen besonderen Ruf.

*Kommt eigentlich etwas Erfolgversprechendes heraus, bei den Anzeigen gegen Polizisten?*

S.: Die Staatsanwaltschaften-Statistik beginnt im Jahre 2009 mit einer neuen Erfassung. Es ist davon auszugehen, dass es in Deutschland etwa zweitausend rechtswidrige Übergriffe durch Polizeibeamte gibt. Etwa drei Prozent der angezeigten Fälle werden kommen zur Anklage. Zum Abschluss kommen aktuell höchsten ein Prozent der Fälle. Über neunzig Prozent der Verfahren werden eingestellt und häufig die Opfer noch mit einer Geldstrafe belegt.

*Wie können sie das erklären?*

S.: Ein Ermittlungsverfahren läuft immer über die Staatsanwaltschaft. In der Praxis aber führen Polizeibeamte die Ermittlungen durch. Das bedeutet, es ermitteln Kollegen gegen Kollegen. Natürlich können solche Untersuchungen letztendlich nicht besonders effektiv sein.

Ein weiteres Problem ist darin zu sehen, dass in solchen Verfahren meistens nur Aussage gegen Aussage steht. Das ist natürlich eine sehr schwierige Beweislage. Die Entscheidung, wem sie nachher glauben, ist für Staatsanwälte nicht einfach. Dazu kommt, dass Polizisten grundsätzlich dazu befugt sind Gewalt anzuwenden. Allerdings muss sich dies jedoch nach dem Prinzip der Verhältnismäßigkeit richten. Leider wird die Maßgabe in der Vollzugsarbeit, immer das geringste Mittel zu wählen wohlweislich fortlaufend übertreten.

*Glauben sie nicht, dass es sich dabei um Routine bei den Staatsanwälten handelt?*

S.: Die institutionelle Nähe schlägt sich in diesen Fällen leider nieder. Staatsanwälte müssen täglich mit Polizeibeamten zusammenarbeiten. Und die gelten bei der Justiz generell als besonders glaubwürdige Zeugen. In der Regel agieren eben bei einem Einsatz mehrere Polizisten gemeinsam. Hierbei können wir dann immer beobachten, was die kriminologische Forschung als „Mauer des Schweigens", bezeichnet: den Korpsgeist. Es ist so gut wie sicher, dass Beamte niemals gegen Beamte aussagen. Keiner will derjenige sein, der seinen Kollegen auffliegen lässt. Sollte es dennoch einer wagen, muss er mit den schlimmsten Folgen rechnen.

*Meinen bisherigen Recherchen zu Folge, wird von den Polizeidienststellen mir gegenüber gesagt, die meisten Anzeigen gegen Beamte sind unberechtigt.*

S.: Diese Behauptung kann ich nicht nachvollziehen. Glauben sie denn, dass ein Bürger einfach aus bösem Willen oder weil er Polizisten nicht leiden kann, Anzeige erstattet? Ein solches Vorgehen ist mit viel Arbeit, Stress und natürlich hohen Kosten verbunden.

*Wenn unbescholtene Bürger, Vorwürfe oder sogar Anzeigen gegen Polizisten erheben, finden sie sich selbst als Angeklagte vor Gericht wieder. Dazu gibt es genügend belegbare Beispiele.*

S.: Ja, das kann ich bestätigen. Häufig stehen sich zwei Anzeigen gegenüber. Auf der einen Seite, Körperverletzung im Amt, auf der anderen, Widerstand gegen Vollstreckungsbeamte und Beamtenbeleidigung. Bisher gibt es leider noch keine wissenschaftlichen Untersuchungen, was Aktion und was Reaktion ist. Verfolgt man aber Verhandlungen vor Gericht, wie wir das getan haben, und hört, was Polizisten sagen, und wie Verteidiger argumentieren, dient der Vorwurf des Widerstandes gegen Beamte ausschließlich dazu, polizeiliches Vorgehen zu rechtfertigen.

*Wie schätzen sie das Ganze ein?*

S.: Polizeibeamte sehen in so einer Anzeige eine Möglichkeit, Gewaltanwendung zu legitimieren. Die gehen bewusst in einen Einsatz und wenden Gewalt an. Müssen sie hinterher feststellen, dass es ein bisschen zu viel war, lässt sich das leicht mit dem Vorwurf des Widerstandes ausgleichen. Beispiele finden sich genügend.

*Also „Widerstand" - wann liegt überhaupt der Tatbestand Widerstand vor?*

S.: Dabei gibt es eine recht niedrige und fließende Grenze. Es kann schon ausreichen, sich loszureißen oder gegen die Laufrichtung zu stemmen, sollte man abgeführt werden. Allein eine Fuß- oder Handbewegung in Richtung eines Beamten, kann ihnen vor Gericht als versuchte Körperverletzung ausgelegt werden. Oder stellen sie sich vor, ein Betrunkener schwankt auf einen Polizisten zu. Wann die Grenze überschritten ist, hängt lediglich von den Bewertungen der Einsatzkräfte ab.

*Herr Professor S. Ich bedanke mich für das offene Gespräch.*

Während der gesamten Rückfahrt von München nach Frankfurt, beschäftigte mich dieses Interview. Ich las die Aufzeichnungen und Randnotizen mehrere Male durch. Meine Gedanken sprangen hin und her, hoch und runter, drehten sich im Kreis. Wie sollte ich mit dieser Thematik weiter umgehen? Ob ich den Mut aufbringen werde, mit dieser Problematik an die Öffentlichkeit zu gehen? Auch der Professor war sich noch nicht im Klaren darüber, an wen er seine Untersuchungsergebnisse weiter leiten würde. Im Grunde genommen musste eine Gesetzesänderung her. Nur eine neutrale Untersuchungskommission konnte diesen Missstand beseitigen. Aber wer würde die Initiative ergreifen? War eine politische Partei dazu in der Lage? Oder etwa ein Justizminister? Der weiße Ring? Greenpeace? Ich fand keine schlüssige Antwort. Die nächste Redaktionskonferenz, vielleicht sollte ich meine umfassenden Erfahrungsberichte dort einmal vortragen?

## Kapitel IV
## Bedauerlicher Einzelfall

Am nächsten Tag lag ein Zettel auf meinem Schreibtisch. Ich begann zu lesen.

Prozessbeginn gegen Polizisten in Frankfurt. Ich schaute auf das Datum. Was, schon in zwei Tagen. Ich beschloss hinzugehen.

Um 09:30 Uhr betrat ich die heiligen Hallen. In den engen Gängen des Gerichtsgebäudes drängelten sich bereits zahlreiche Prozessbeobachter. Unter den Besuchern entdeckte ich jede Menge Journalisten und Presse-Fotografen. Sogar ein Fernseh-Team der Hessenschau konnte ich ausmachen. Vor dem ausgewiesenen Verhandlungsraum gab es kaum noch Luft zum Atmen. Schließlich hatten die Verantwortlichen bemerkt, dass ein viel größerer Gerichtssaal gebraucht werden würde.

Richter Klaus-Maria Baader veranlasste den Umzug in den großen Schwurgerichtssaal 165 C, in dem in der Regel Staatsschutzsenate tagten. Normalerweise geht es dort um Mord oder Totschlag. Nachdem alle Besucher und die geladenen Prozessbeteiligten Platz genommen hatten, konnte dem Verhandlungsbeginn nichts mehr im Wege stehen.

Der Angeklagte saß lässig auf seinem Stuhl. Kranzfrisur nach Art eines smarten Fußballprofis. An den Markenklamotten erkannte ich den solventen modebewussten Mittdreißiger.

Nach dem Eröffnungsritual verlas Richter Baader die Anklageschrift.

Die Staatanwaltschaft hatte zwei Jahre intensiv ermittelt und war zu folgendem Ergebnis gekommen:

Nach den Feststellungen der Staatsanwaltschaft, waren die Polizeibeamten am späten Abend des 15. November 2016, von U-Bahn Kontrolleuren wegen Schwierigkeiten mit vermeintlichen Schwarzfahrern zur U-Bahnstation Bornheim Mitte gerufen worden. Die Entgleisungen bei der Fahrscheinkontrolle führten dazu, dass der Angeklagte Beamte, den aus dem Senegal stammenden Deutsch-Senegalesen, Jacques F., mit massivem Krafteinsatz schwer geschlagen und getreten haben soll. Als Folge musste der Geschädigte drei Tage im Krankenhaus verbringen.

Die Anklage lautete: Körperverletzung und Beleidigung, während einer Amtshandlung. Bei der Befragung zur Person erfuhr ich, dass es sich um den fünfunddreißigjährigen Oberkommissar Ronald B., wohnhaft in Rüsselsheim, handelte. Der Polizist wurde aufgefordert, die Vorfälle aus seiner Sicht zu beschreiben. Es war plötzlich mucksmäuschenstill im Saal.

Mit fester, entschiedener Stimme betonte der Polizeioberkommissar in seinem ersten Satz den er aussprach, dass es keinen körperlichen Kontakt mit Herrn F., gegeben habe, definitiv nicht, wie er felsenfest betonte.

Nachdem der Beamte und drei seiner Kollegen zur U-Bahn Station gekommen waren, hätten sie vier U-Bahn-Kontrolleure, Jacques F., und seine Verlobte mit dem gemeinsamen Kind, angetroffen. Eine Kontrolleurin hätte Anzeige gegen F. wegen Beleidigung erstatten wollen.

Da Herr Jacques F., bei der Personenkontrolle nicht mit den Beamten kooperiert habe und seinen Personalausweis nicht vorzeigen konnte, zudem sehr aggressiv und zappelig, wie ein trotziges Kind gewesen sei, sahen sich die Polizisten veranlasst, dem Mann Handschellen anzulegen.

Danach brachten sie ihn zu ihrem Fahrzeug, um mit ihm in seine Wohnung zu fahren, wo er den Ausweis vorlegen wollte. Während der Diskussion mit F. am Auto, habe dieser sich beim Umdrehen selbst verletzt. Er könne sich nur an ein bisschen Blut erinnern, so der Angeklagte.

Mir blieb die Spucke weg. Dieser Satz war mir ins Gedächtnis eingemeißelt. Herr F. war sehr aggressiv und zappelig, wie ein trotziges Kind. Genau das waren die Worte, mit denen die Staatsanwältin in Quillmanns Verhandlung dem Polizeibeamten beigesprungen war. Nicht zu fassen. Wenn da keine Methode dahinterstecken sollte.

Unwirsch fragte der Richter den Angeklagten, obwohl es nur einen vagen Verdacht auf eine Beleidigung von Seiten Herrn F. gegeben habe, wurden ihm daraufhin Handschellen angelegt und sie haben ihn zum Polizeiauto gebracht und nach Hause gefahren, wo er den Personalausweis vorzeigen musste?

Für Baader war der Zeitpunkt gekommen, sich die Darstellung des Klägers Jacques F. anzuhören.

Nach dessen Schilderung stieg die kleine Familie, gemeinsam mit den Kontrolleuren, an der Konstablerwache ein. Kurz darauf wurden sie überprüft. Jaques F. legte seine Monatskarte vor, die ihn berechtigte, ab 19:00 Uhr, eine weitere Person mitzunehmen. An der nächsten Haltestation stieg F. alleine aus, um am Merianplatz für Mutter und Kind etwas zu essen zu holen. Die Monatskarte blieb in den Händen seiner Verlobten.

Das Bahnpersonal kontrollierte die Frau nun noch einmal und bezichtigte sie des Schwarzfahrens. Zwei Stationen nach dem Merianplatz in Bornheim Mitte, nötigten die Kontrolleure Frau S., die Verlobte von F., samt Kind auszusteigen. Sofort verständigte sie in ihrer Not per Handy Jacques F. Daraufhin rannte ihr Verlobter die Berger Straße hoch, auf der sich alle drei U-Bahn Stationen befinden. Das müssen so um die tausend Meter gewesen sein. Dort traf er außer Atem ein. Das Kind war schon total verängstigt und weinte. F. fragte unverzüglich das Kontrollpersonal, ob sie nicht sehen würden, wie sehr das Kind weine.

Wir sind hier nicht in Afrika, soll eine Kontrolleurin geantwortet haben. Und er erwiderte, und wir haben nicht mehr 1942!

Die Kontrolleurin rief daraufhin die Polizei, weil sie sich als Nazi beschimpft fühlte. Sie wollte Anzeige wegen Beleidigung erstatten.

Der Richter unterbrach den sichtlich bewegten Mann und wollte wissen, was dann passierte, als die Polizei eintraf.

Jacques F. Berichtete weiter, dass er von Anfang an geduzt und vom Angeklagten als Dummschwätzer abgetan wurde. Obwohl F. seinen Führerschein und zusätzlich den Siemens-Betriebsausweis vorzeigen konnte, gaben die Beamten sich damit nicht zufrieden. Auch dann nicht, nachdem von der Leitstelle die Daten bestätigt waren.

An dieser Stelle fragte der Richter den Angeklagten merklich genervt, warum sie sich damit nicht zufrieden gegeben hätten und dem Mann dazu noch Handfesseln anlegen mussten. Mein Kollege sah dafür die Notwendigkeit, gab er zur Antwort.

Wie ging es dann weiter, fragte Richter Rainer Maria Baader, bei F. nach.

Rück gefälligst deinen Perso raus, ich zähle bis zwei, soll der Angeklagte ihn aufgefordert haben. Sehr bewegt, mit Tränen in den Augen, sagte er dann, der Beamte hätte ihm daraufhin mit der Faust ins Gesicht geschlagen. Noch vom Schmerz benommen, unfähig zu reagieren, legten ihm die Polizisten Handschellen an. Im Streifenwagen, dann begleitet von einem zweiten Dienstwagen, transportierten sie ihn zu seiner Wohnung. Im Fahrzeug hätten die Beamten überlegt, welche Version sie sich zur blutenden Wunde einfallen lassen könnten.

Kopfschüttelnd unterbrach der Richter die Sitzung für die Mittagspause. Am Nachmittag wollte er weitere Zeugen hören.

Von erregten Gesprächen begleitet strömten die Zuschauer aus dem Gerichtssaal.

Ich bemerkte, dass der Angeklagte sich zu drei jungen geschniegelten und grinsenden Typen gesellte. Scheinbar war nun die besagte Schicht mit ihrem Führer vereint. Ungeniert steckten sie die Köpfe zusammen. Zwei Uniformierte ältere Herren verließen schweigend das Gebäude.

Zum Glück waren es zu meinen Stamm-Italiener ganz in der Nähe nur ein paar Minuten. In dem Restaurant konnte ich nach dieser Verhandlung etwas Ruhe finden.

Am Nachmittag wurde zuerst eine Kontrolleurin vernommen. Sie bestätigte ihren Ausspruch, wir sind hier nicht in Afrika. Die Antwort von F., will sie aber als grobe Beleidigung aufgefasst haben. Zudem sei er ziemlich aggressiv aufgetreten.

Bei den folgenschweren Polizeimaßnahmen waren ihre Kollegen und sie nicht mehr anwesend, weil sie weiter ihren Dienst versahen.

Die Vernehmung der Verlobten des Klägers war wenig ergiebig. Sie schien sehr angespannt, ja gerade eingeschüchtert zu sein. Ihre Sprachschwierigkeiten verhinderten letztlich verwertbare Erkenntnisse. Auf Nachfrage des Richters, konnte sie die Faustschläge des Polizeibeamten jedoch mit einem Nicken bestätigen.

Während dieser Vernehmung beobachtete ich drei fies lächelnde Gesichter im Zuschauerraum. Die Kollegen des Angeklagten schienen sichtlich erfreut, dass von dieser verunsicherten Frau keine Gefahr für ihren Schichtleiter ausging.

Später hörte ich die Polizisten im Zeugenstand. Einhellig sprangen sie ihrem Kollegen bei. Die Worte dummer Schwätzer seien wohl so gesagt worden, aber zu einer Körperverletzung sei es auf keinen Fall gekommen. Jacques F. habe plötzlich zu bluten angefangen, weil er sich möglicherweise beim Aus- oder Einsteigen an dem Dienstwagen gestoßen haben könnte.

Der Richter fragte einen der Beamten erstaunt, ob er sich denn nicht etwa gefragt habe, wo die Verletzung herkam. Was dieser mit einem Schulterzucken beantwortete. Und das soll ich jetzt glauben, meinte ein sichtlich genervter Klaus-Maria Baader. Der erste Verhandlungstag war damit beendet.

In einer Woche war der zweite Verhandlungstag geplant, an dem auch das Urteil verkündet werden sollte.

19:30 Uhr, Hessenschau. Tatsächlich war der Bericht über die Gerichtsverhandlung wenig polizeifreundlich aufgebaut. Es wurde sogar erwähnt, dass der Vorfall bereits vor zwei Jahren ein lebhaftes Medienecho ausgelöst hatte. Rund 1500 Menschen sollen damals gegen den Polizeieinsatz demonstriert haben. Auf dem ersten Frankfurter Polizeirevier gingen dabei einige Fensterscheiben zu Bruch.

Die Moderatorin teilte mit, Richter Baader wolle nächste Woche noch weitere Zeugen hören, ehe der Prozess am Mittag dann abgeschlossen werden könne.

Darauf war ich gespannt. Die abschließende Verhandlung durfte ich mir nicht entgehen lassen.


Wieder war der Gerichtssaal bis auf den letzten Platz besetzt, die Journalistenplätze ausgebucht.

Mit der Befragung des behandelnden Arztes aus der Krankenhaus-Notaufnahme, wurde die Beweisaufnahme fortgesetzt. Der Doktor bestätigte, die Platzwunde am Kopf von Jacques F. versorgt zu haben. Sonstige Verletzungen oder Blutergüsse habe er damals nicht diagnostiziert.

Bei Untersuchungen des Urins mit einem Teststreifen war Blut entdeckt worden. Ob dieses Ergebnis jedoch von Tritten oder Schlägen auf die Nieren zurückzuführen ist, konnte nicht eindeutig nachgewiesen werden.

Daraufhin fragte der Richter nochmals den Angeklagten, ob er nach der eskalierenden Fahrkartenkontrolle dem Deutsch-Senegalesen mit der Faust ins Gesicht geschlagen habe. Der Angeklagte Polizeibeamte bestritt diesen Vorwurf entschieden.

Richter Baader schloss damit die Beweisaufnahme. Das Gericht zog sich zur Beratung zurück.

Das Urteil sollte um 15:00 Uhr verkündet werden.

Prozessbeteiligte Zuschauer und Journalisten erhoben sich. Richter Klaus-Maria Baader stand bereit, das Urteil zu verkünden.

In der Strafsache gegen Herrn Oberkommissar Ronald B. ergeht folgendes Urteil, war deutlich zu hören. Wegen Körperverletzung im Amt und Beleidigung werden sie zu einer Geldstrafe von 8.400 Euro, zahlbar in 120 Tagessätzen verurteilt.

Totenstille. Geräuschlos setzten sich alle Anwesenden auf ihre Plätze.

Das Amtsgericht sah es als erwiesen, dass der angeklagte Oberkommissar, dem Deutsch-Senegalesen, Jacques F., nach einer aus dem Ruder gelaufenen Fahrkartenkontrolle, mit der Faust ins Gesicht geschlagen hatte.

Das ist eine Hausnummer, dachte ich bei mir. Alle Achtung. Und dies, obwohl der Angeklagte die Vorwürfe bis zuletzt bestritten hatte. Und dies, obwohl drei seiner Kollegen, die als Augenzeugen mit ihrer Aussage Beistand leisteten, dass Ronald B. nicht zugeschlagen habe. Esprit de Corps, lässt grüßen.

In seiner Urteilsbegründung betonte der Richter aus-drücklich, er glaube weder den Beamten noch dem geschädigten F. vollständig.

Die Wahrheit lag für Baader in der Mitte. Den Schlag ins Gesicht, der eine Platzwunde über der Augenbraue von F. verursacht hatte, sah er allerdings als erwiesen an.

Weitere Schläge und Tritte in die Nierengegend, von denen F. berichtet hatte, zog er in Zweifel. Er meinte, F. habe die Vorfälle sprachlich etwas ausgeschmückt und durch sein aggressives Verhalten die Eskalation der Situation mit verschuldet.

Die Polizisten, die als Zeugen jegliche Gewalt gegen Jacques F. geleugnet hatten, hätten offenbar ihren Schichtleiter schützen wollen, so der Richter. Sie wollten wohl auch nicht zugeben, stillschweigend dabei gestanden zu haben. Von einer Absprache untereinander, was die Aussagen angehe, wollte er nicht ausgehen, dafür seien einige Details zu widersprüchlich gewesen.

Sehr wohl hätten die Polizeibeamten den Rahmen der Verhältnismäßigkeit an fraglichem Abend bei Weitem überschritten.

Richter Baader sprach von einer unnötigen Durchsetzung polizeilicher Machtbefugnisse, indem man F. Handschellen angelegt habe, und mit zwei Streifenwagen zu seiner Wohnung gefahren sei, nur um seine Personalien festzustellen.

Was mich aber total in Erstaunen versetzte war, dass der Richter es sich nicht verkneifen konnte, Jacques F., für den Umstand zu kritisieren, die Presse eingeschaltet zu haben.

In meinem Kopf begannen die Gedanken schon während der Urteilsbegründung zu rekapitulieren. Sätze aus Quillmanns Schilderungen liefen wie ein Spruchband vor meinem geistigen Auge vorbei. Wie nachlässig war das Gericht bei ihm mit seinen dokumentierten und attestierten Verletzungen umgegangen. Leider konnten weder Zeugen die Taten der Polizisten bestätigen, noch hatte einer der Beamten den Mut, Gerechtigkeit walten zu lassen. Wie sicher sich angeklagte Polizisten vor Gericht fühlen konnten, hatte ich nun persönlich erlebt. Falschaussage vor Gericht blieb ohne Konsequenz. Sauber, dachte ich. Mir fiel ein, was ich kürzlich bei Norbert Blüm gelesen hatte: „Es genügt nicht, recht zu haben, sondern es müssen auch die richtigen Richter und richtigen Anwälte mit im Boot sitzen. Die Justiz ist im Begriff sich selbständig zu machen und aus dem Gefüge der Machtverteilung auszuscheren."

Armer aufrechter Quillmann, wenn das so sein sollte, hast du wirklich um sonst gekämpft.

Im Hinausgehen, in Gedanken vertieft, rempelte ich einen weißhaarigen älteren Herren mit Brille an. Noch bevor ich mich entschuldigen konnte, erkannte ich in ihm den Rechtsbeistand des Klägers. Intuitiv verpackte ich in meine Entschuldigung geistesgegenwärtig die Frage, ob ich ihn um seine Meinung zum Urteil in diesem Falle bitten könne.

Zu meiner Freude willigte er ein, nachdem ich ihm meinen Journalisten-Ausweis gezeigt hatte.

Das Strafmaß entsprach nicht seinen Vorstellungen. Trotzdem hätte er das Urteil mit Befriedigung aufgenommen. Ihm sei es vor allem darum gegangen, vom Gericht die Behandlung seines Mandanten als eine Straftat anerkannt zu wissen. Außerdem stelle das Urteil den wegweisenden Beweis dafür dar, dass man sich grundsätzlich gegen Polizeigewalt juristisch wehren könne.

Zumal im vergangenen Jahr in Norddeutschland, ein Polizist der gefährlichen Körperverletzung im Amt schuldig gesprochen und zur Mindeststrafe von 90 Tagessätzen a`70 Euro verurteilt worden war. Der hatte nämlich mit einem Sprayeinsatz eine vorbeugende Maßnahme eingeleitet, wie das Gericht feststellte. Aus Sicht des Polizisten habe keine Notwehr vorgelegen. Daher war der Reizgaseinsatz nicht gerechtfertigt.

Der Anwalt ließ mich sprachlos zurück.

Ich konnte an diesem Abend meine Gedanken nicht von den Vorgängen des Nachmittags lösen. Entspannung unmöglich. Wie konnten ähnliche Vorfälle so unterschiedlich von deutschen Gerichten behandelt werden? Ob sich jemals irgendjemand Gedanken darüber gemacht hatte?

Es müsste doch Anwaltskammern geben oder Kongresse, Ethikkommissionen, irgendetwas, irgendwer, der diese Problematik offen zur Sprache brachte. Mir brummte der Schädel. Auch ein gutes Glas Rotwein brachte keine Entspannung.

Die Hessenschau. Ich drückte auf die Fernbedienung. Moderatorin Kristin Gesang erschien. Schon in der Themenübersicht ging sie auf den Prozess ein.

Polizist wegen Körperverletzung verurteilt.

In dem Beitrag wurde auf die Besonderheit hingewiesen, dass tatsächlich ein Polizeibeamter in Frankfurt verurteilt worden war. Mich überraschte trotzdem der Hinweis, der verurteilte Beamte könne Rechtsmittel gegen das Urteil einlegen.

Das ließ mich aufhorchen. Rechtsmittel würde bedeuten, die zweite Chance vor einem übergeordneten Gericht nutzen etwa auf ein noch milderes Urteil hoffen? Hoffen auf weniger Publikumsinteresse. Die Karawane der Presseleute wäre längst schon weiter gezogen. In der zweiten Runde würden die Regularien des Sicherungssystems noch besser greifen.

Ich konnte den Gedanken nicht weiter verfolgen. Der Frankfurter Polizeipräsident tauchte auf dem Bildschirm auf.

„Hört, hört", dachte ich, als er anmerkte, Gerichtsverfahren gegen Beamte seien immer auch mit einem

Hört, hört, dachte ich, als er bemerkte, Gerichtsverfahren gegen Beamte seien auch immer mit einem Ansehensverlust der Polizei verbunden. Da es sich aktuell um einen Einzelfall handele, dürfe man aber nicht an der Arbeit aller Polizisten zweifeln. Die Polizei sehe sich als Teil der weltoffenen und multikulturellen Stadt Frankfurt.

Ein Disziplinarverfahren gegen den Oberkommissar laufe bereits. Bis zur Rechtskraft des Urteils werde es aber ruhen. Die Versetzung in den Innendienst sei bereits erfolgt. Aufgrund des Strafmaßes könne der Beamte weiter im Dienst bleiben.

Herr Polizeipräsident dachte ich, sie haben wohl mit Einzelfall gemeint: Es ist ein bedauerlicher Einzelfall, dass ein Polizist überhaupt verurteilt wird. Ein Fall, bei dem Esprit de Corps nur teilweise funktionierte.

Was aber steht in der Ermittlungsakte? Eindeutig eine Falschaussage! Wer unterschrieb diese Akte? Was ergab die interne Ermittlung? Wurde die Wahrheitsverfälschung von der Internen-Abteilung etwa ignoriert? Warum gibt es keine neutrale Untersuchung, wenn Polizeibeamte angezeigt werden? Fragen über Fragen, die unbeantwortet blieben!

Wie meinte doch Richter Baader belanglos: Die Kollegen des Angeklagten hätten ihren Vorgesetzten offenbar schützen wollen. Und damit war die Falschaussage vom Tisch.

Unterdessen hatte ich die Flasche Rotwein geleert. Ich konnte keinen klaren Gedanken mehr fassen.

Total benebelt, in voller Montur, schlingerte ich in den Schlaf.

Ich träumte in dieser Nacht furchtbar schlecht. Irgendwie fand ich mich mitten in Quillmanns Prozess wieder. Gerade als ein Augenzeuge dem Amtsrichter bestätigen wollte, wie der Angeklagte von mehreren Beamten drangsaliert wurde, schreckte ich auf. Ich begriff nur langsam - alles nur geträumt.

An Schlaf war jetzt nicht mehr zu denken. Von jetzt auf sofort konnte ich klar denken.

In den frühen Morgenstunden fiel mir Quillmann ein. Bei der ganzen Nachforschung und dem Stress, hatte ich ihn als Freund, als Mensch, völlig vergessen. Aus einem Schatten an der Wand, stieg sein Bild vor mir auf. Der Mann musste wahrscheinlich völlig fertig sein. Das war doch das Naheliegende. Sollte ich ihm nicht zu allererst Bericht erstatten? Auch, wenn für ihn nichts mehr gut zu machen war? Ihm sagen, dass er nichts falsch gemacht hatte. Ihm Trost spenden. Mich um ihn kümmern. Auf der Stelle plagte mich mein schlechtes Gewissen. Zuerst mal einen Kaffee kochen.

Der Duft beruhigte mich. Ein Sportsmann wie er – war bestimmt nicht nachtragend.

Um 03:45, schaltete ich den Computer ein. Fragte an, ob wir uns zu einem Erfahrungsaustausch kurzfristig treffen könnten. Schon am Nachmittag kam die Antwort. „Kein Problem, bin doch jetzt im „Unruhestand", freue mich riesig."

Mittwoch, 15:00 Uhr, Caféhaus Siesmayer, Palmen-gartenstraße 11, Frankfurt. Ein strahlender Sonnentag. Ich setzte mich an einen der wenigen freien Tische auf der

Außenterrasse. Gerade wollte ich den ersten Schluck aus meiner Kaffeetasse nehmen, hielt ich mitten in der Bewegung inne. Ich traute meinen Augen kaum. Da stand er plötzlich vor mir. Sportlich drahtig, schlank – Quillmann. Genau wie bei unserer ersten Begegnung. Diese Veränderung. Wir strahlten uns an, wie zwei Honigkuchenpferde, gingen aufeinander zu. Wortlos umarmten wir uns. Vor Ergriffenheit brachten wir kein Wort heraus. Die Blicke der übrigen Besucher waren auf uns beide gerichtet. Ich glaube heute noch, damals hielt man uns für ein schwules Paar.

„Du siehst verdammt gut aus. Wie hast du das geschafft, dich seit unserer letzten Begegnung, so zu verändern"? Ich fand als Erster die Sprache wieder. „Mein Leben fühlt sich auch momentan mehr als gut an" lachte er. „Das war ein hartes Stück Arbeit bis hierher. Aber davon später.

Du kannst dich aber auch sehen lassen. Dein Leben in der Heimat scheint dir gut zu tun. „Zuerst brauche ich jetzt eine große Tasse Kaffee", meinte er, noch bevor er platzgenommen hatte. Ich ließ ihn zuerst einen kräftigen Schluck zu sich nehmen, bevor ich von den Ergebnissen meiner Nachforschungen berichtete. Seinen Blicken entnahm ich, wie es innerlich in ihm arbeitete. Ab und zu ließ er deutlich hörbar Luft zwischen den Zähnen nach außen gleiten. „Unglaublich, das ist ja noch grausamer, als ich es erwartet hätte", staunte er, nach Beendigung meines Berichts. „Dieser Einsatz da in Traunstein, mit diesem Urteil, entspricht das wirklich den Tatsachen?" „Leider ist dem so. Trotzdem bewegt sich nicht viel."

„Was du da von dem ehemaligen Polizisten erzählt hast", sagte Quillmann und war plötzlich todernst geworden, „das trifft mich sehr. Da muss ich dir von mir nicht viel erzählen. Aber ohne eine intensive Therapie, würde ich jetzt nicht hier sitzen. In vielen Romanen die ich gelesen habe, steht dem Helden oft eine praktisch denkende Figur zur Seite. Die Stimme des gesunden Menschenverstandes, die gewöhnlich versucht, das Duell des einsamen Helden mit einer ganzen Bande von Gesetzesbrechern zu verhindern. Mit Hilfe des Therapeuten habe ich diese Quelle neu entdeckt. Diese Stimme sagt mir nun, dass ich nicht noch weiter als Anwalt der Gerechtigkeit unterwegs sein muss, dass ich mich nicht von meiner Wut verführen lassen sollte.

Weißt du, worüber ich mich trotzdem wundere: Über Fehler in anderen Berufsfeldern wird regelmäßig berichtet und geklagt, werden Statistiken veröffentlicht, wird mit Ranking-Daten gearbeitet. Der ADAC testet KFZ-Werkstätten. Pfusch am Auto. Ärztefehler im OP werden moniert. Pfusch im Krankenhaus. Handwerker werden im Rahmen der Gewährleistung verklagt. Pfusch am Bau. Ausfall der ICE-Klimaanlagen. Pfusch bei der Bahn. Und so weiter und so fort.

Aber: Pfusch bei der Polizei? Bisher wagt sich da niemand so richtig ran. Vor kurzem bei einem Prozess hier in Frankfurt, haben sie wohl einen verknackt. Ich habe abgeschaltet, als das im Fernsehen kam."

„Ich bin mir nicht sicher, ob ich dir davon erzählen soll. An den zwei Prozesstagen war ich anwesend." „Das kannst du dir schenken. Was mich weitaus mehr interessiert ist, was du mit dem Inhalt deiner Recherchen insgesamt zu tun gedenkst?"„Genau das macht mir Kopfzerbrechen. Seit einigen Tagen finde ich kaum noch erholsamen Schlaf. Ich denke daran, meine Aufzeichnungen und Berichte, einschließlich deiner unglaublichen Geschichte, in einem Roman zu verarbeiten. Diese fatalen Missstände müssen unbedingt zum Thema gemacht werden. Unsere Rechtsberatung vom Journalisten-Verband hat bereits grünes Licht gegeben. Bevor ich endgültig meine Entscheidung treffe, war mir Deine Meinung besonders wichtig." „Was denkst du, wie oft ich dir diesen Vorschlag schon unterbreiten wollte. Bisher fand ich nicht den Mut dazu. Schon Rechtsanwalt Schmund versuchte mich in diese Richtung zu motivieren. Nach eingehender Beratung mit dem Weißen Ring und aus Rücksicht auf meine Zukunft, habe ich Abstand davon genommen. Ich glaube, das bedingt eine gehörige Portion Mut. Einen Verlag der bereit wäre dieses heiße Eisen anzupacken, musst du zudem noch finden, oder?"

„Das ist das geringste Problem, wir sind in unserer Redaktion mit entsprechenden Verlagshäusern gut vernetzt."

„Mein O.K. und meine Unterstützung sage ich dir hiermit sofort zu", meinte Quillmann mit fester Stimme. Er streckte mir seine Hand entgegen. „Komm, lass uns einschlagen, Hand darauf, wie sich das unter Sportsmännern gehört."

Wir bekräftigten mit einem kumpelhaften kräftigen Handschlag das Literatur-Projekt.

„Lass dir dennoch Zeit mit dieser Entscheidung. Ein verantwortungsvoller Verleger wird dich bestimmt besser beraten können als ich. Seelisch und moralisch wirst du bei mir immer Rückhalt finden, das verspreche ich dir."

„Das freut mich sehr, es tut mir gut, wenn ich auf dich zählen kann. Schließlich hast du das Ganze ins Rollen gebracht. Ich bereue aber keine Minute, in der ich mich mit diesem Thema beschäftigt habe. Für mich ging diese Arbeit, mit einer tiefen inneren Anteilnahme einher. Jetzt wo wir gesprochen haben, bin ich fest entschlossen, meine Pläne in die Tat umzusetzen."

„Darauf sollten wir anstoßen", sagte Quillmann und bestellte zwei Glas trockenen Spätburgunder vom Weingut Bockenauer.

„Nachdem wir uns zugeprostet hatten fragte er, „im Frühsommer plane ich eine längere Fahrradtour, den Main hinunter, wäre das nicht auch etwas für dich?" „Das klingt nicht schlecht, Lust hätte ich allemal. Zum Glück kann ich meine Arbeitszeiten als Freiberufler unabhängig einteilen.

Sei so gut und teile mir frühzeitig den genauen Termin mit, dann bin ich dabei." „Das ist doch ein Wort", meinte er freudestrahlend.

Wir saßen noch lange bis in den Abend hinein zusammen. Mein alter Freund wollte doch so vieles Persönliches loswerden. Mit ärztlicher Hilfe hatte er gelernt, das dunkelste Kapitel seines Lebens zu überwinden und befand sich wieder auf der sonnenbeschienenen Seite. Dort gehörte ein Typ wie Quillmann auch hin.

## Kapitel V
## Durchbruch

Ich hatte alles mit eigenen Augen gesehen. Diese Demonstration im Juni. Die Zelte auf dem Platz in Augenschein genommen. Junge Menschen bewundert. Aufstehen, gegen die großmächtigen Banken. Bewacht vom Großaufgebot der Staatsgewalt. Blockupy-Kundgebung!

Die internationalen Großbanken konnten das Verkehrschaos in ihr Geschäftsgebaren bequem einplanen. Alle Top-Devisenhändler bereits einen Tag zuvor ausgeflogen, damit die Computer in Bruchteilen von Sekunden gefüttert werden konnten. Alle wichtigen Mitarbeiter in Home-Office Bereitstellung, keiner der Business-Anzug Typen sollte im Verkehr stecken bleiben. Wie hätte das Fernsehen sonst von der Börse berichten können?

Fast zehntausend Kapitalismuskritiker aus halb Europa waren zusammengekommen. Die Polizisten erhielten konkrete Anweisungen. Annähernd tausend Menschen blieben fast zehn Stunden eingekesselt.

Von den Demonstranten ging nach meinen Beobachtungen zu keiner Zeit Gewalt aus.

Es passierte trotzdem: Ein Polizist hatte einen Demonstranten verletzt. Der hatte den Mut und erstattete Anzeige.

Zu meiner Überraschung erfuhr ich aus dem Frankfurter Amtsgericht: „Nach Aussage der Pressesprecherin der Frankfurter Staatsanwaltschaft, sollten insgesamt 45 Beamte betroffen gewesen sein. Dennoch wurden nur vier Verfahren eingeleitet. Zwei der Vorfälle, für die Beamte verurteilt wurden, betrafen das Polizeipräsidium Darmstadt und die Bereitschaftspolizei, ein weiterer soll Angehöriger der Berliner Polizei gewesen sein." Über den Frankfurter Fall war zu lesen:

„Polizeibeamter wegen Körperverletzung bei Blockupy-Demonstration in Frankfurt verurteilt.

Ein zweiunddreißigjähriger Polizist aus Sachsen-Anhalt ist zu fünf Monaten Haft auf Bewährung verurteilt worden, weil er einen Demonstranten bei der Demonstration verletzt hatte. Zudem verhängte das Gericht eine Geldstrafe von tausend Euro, die der Beamte an eine gemeinnützige Einrichtung zu zahlen hat.

Der Angeklagte hatte im Prozess die Aussage verweigert. Aufgrund einer Videoaufzeichnung und Zeugenaussagen mehrerer Kollegen des Beamten, wurde er eindeutig überführt. Die Aufzeichnung zeigte, wie der Polizeibeamte den Kopf des Demonstranten nach unten drückte und ihm mehrere Stöße mit dem rechten Knie gab. Überdies schlug er mehrmals mit der Faust heftig zu.

Die Richterin betonte, dass das Vorgehen des Beamten, der als Mitglied einer Spezialeinheit eigens für Einsätze dieser Art geschult worden sei, als <absolut unverhältnismäßig > einzustufen ist."

Die Strafanzeige war aus den Reihen der Polizei gestellt worden.

Nach Darstellung des Hessischen Innenministers leitete die hessische Polizei innerhalb der vergangenen zwei Jahre gut fünfzig Disziplinarverfahren gegen Bedienstete ein, denen Körperverletzung, Beleidigung, Nötigung oder Freiheitsberaubung vorgeworfen wurde.

## Kapitel VI
## Quillmann

Ich hatte wieder Lust auf Volleyball. Eine Darmstädter Senioren-Truppe lud mich ein. Sie suchten noch Leute, um an den Hessischen Seniorenmeisterschaften teilzunehmen. Ältere Semester, ihres Zeichens altgediente Akademiker. Wir saßen nach schweißtreibendem Spiel beim Bier zusammen. Irgendwie kam das Thema auf Recht und Gesetz. Ich trug meine Recherchen zum Thema Quillmann vor, den einige Mitspieler persönlich kannten.

Die Story wollte kaum einer glauben. Ich erntete betretenes Kopfschütteln. Ein etwas korpulenter sympathischer großer Blondschopf, meldete sich zu Wort. Outete sich als aktiver Richter beim Oberlandesgericht.

„Das kann nicht sein, für mich ist das unvorstellbar."

Draußen vor der Kneipe nahm er mich zur Seite. „Junge", wobei er mich unterhakte, „dieser Sache werde ich nachgehen. Die Akten lasse ich mir kommen, dieses Verfahren schau ich mir an, da kannst du Gift drauf nehmen. Bis zu den Meisterschaften in fünf Wochen habe ich das klar."

Hessische Seniorenmeisterschaft - Spielpause: „Komm einmal mit, wir suchen uns ein ruhiges Plätzchen", nahm mich der große Blondschopf beiseite.

Thema Quillmann:

Ich hatte bei der Staatsanwaltschaft Frankfurt offiziell um die Übersendung der betreffenden Akten im Strafgerichtsprozess Quillmann zu einem bestimmten Termin angefordert." Er reichte mir ein Schriftstück. „Hier lies selber."


Staatsanwaltschaft Frankfurt. Aktenzeichen: 55 Js…….

„Sehr geehrter Herr Kollege ……,

ich nehme Bezug auf Ihr Schreiben vom 17.09.2018. Die Aufbewahrungsfrist richtet sich im vorliegenden Fall nach dem Rundenerlass vom 16.09.2004, Abschnitt II der Aufbewahrungsfristen." Ich starre auf einen dicken roten quadratischen Stempel: Akte ist bereits ausgeschieden. Frankfurt, den 02.10.2018, Staatsanwaltschaft Archiv.


„Das kann doch nicht sein oder" sprang ich vor Erregung auf. „Die gesetzliche Regelung sieht allerdings etwas Anderes vor, nur hier stehst du machtlos vis-a`-vis. Aber, wenn es dir ein Trost ist, was die Beamten im Fall deines Freundes veranstaltet haben, die Tat eines Kollegen zu decken, dient dem Schutz der eigenen Loyalität in der Dienstgruppe. Du musst wissen, dass sich Polizeibeamte bei Erfüllung des Straftatbestandes §258a StGB, der da heißt, Strafvereitelung im Amt, ebenfalls strafbar machen. Damit begeben sie sich, genau wie der gedeckte Kollege in ein gegenseitiges Abhängigkeitsverhältnis. Und das kann mit Sicherheit nur in einem Teufelskreis enden. Die Tat holt den Betroffenen über kurz oder lang ein, da bin ich mir ganz sicher. Maßnahmen wie der Wechsel der Dienstgruppe, des Präsidiums oder des Dienstherren sind meist nur kurzfristige Hilfen."

„Sind das vielleicht tröstende Worte für meinen Freund Quillmann?"

„Wenn es dich beruhigt, Berthold Brecht schrieb einmal, wenn Unrecht zu Recht wird, wird Widerstand zur Pflicht!" „Nur, was ist aus all den Pflichtbewussten geworden?

## Kapitel VII
## Erkenntnisse

Was aber konnte in Wirklichkeit bewegt werden?

Welche Resolutionen oder Beschlüsse auch immer verabschiedet werden sollten, sie wären doch höchstens ein wenig mehr als Wunschlisten für eine bessere Aufklärung und Verfolgung solcher staatlich gedeckter Straftaten.

Selbst wenn in den einzelnen Bundesländern diesbezüglich unabhängige Sachverständige eingeschaltet würden, so wären diese Maßnahmen doch vor allem ein Ausdruck des guten Willens. Und weiter, wenn ein solches Dokument vom Gesetzgeber eines Bundeslandes ratifiziert und somit zum Gesetz werden sollte, gäbe es nach wie vor keine Garantie, dass sich die betreffenden Organe tatsächlich daran halten würden.

Glaubt man den entsprechenden Presseveröffentlichungen, wird in Deutschland Studien zur zufolge nur in einem von sechs Fällen illegale Polizeigewalt zur Anzeige gebracht. Das Dunkelfeld soll bei so um die zehntausend mutmaßlicher Gewalttaten durch Polizisten während eines Jahres liegen.

Was meine Erfahrungen mit den angezeigten Vorfällen angeht, weisen die Strafverfahren gegen Polizeibeamte eine auffallend hohe Quote an Einstellungen der Verfahren auf.

Eine von der Deutschen Forschungsgemeinschaft geförderte Studie besagt, dass in nur sieben Prozent der angezeigten Fälle, Anklage oder ein Strafbefehl beantragt worden sei.

In Anlehnung an den Titel der Band IN EXTREMO - QUID PRO QUO - fällt mir der dazugehörige alte Rechtsgrundsatz ein, nämlich, dass nach dem ökonomischen Prinzip, eine Person die etwas einsetzt, dafür eine angemessene Gegenleistung erhält. Oder vereinfacht: manus manum lavat! Eine Hand wäscht die andere.

## Kapitel VIII
## Esprit de Corps

In seiner Reinform handelt es sich um ein solidarisches Phänomen. Dabei unterscheiden die Korps-Mitglieder strikt, in eine feindliche Umwelt und eine harmonische Binnenwelt. Der Hang zu einer Glorifizierung der eigenen „heilen Welt" muss dabei unterstellt werden.

Bei den Polizeibediensteten lässt sich dieses Phänomen also als Teilhabe jedes Individuums zum Wohle aller - hier der Organisation Polizei in ihrer Gesamtheit - betrachten.

Dabei sieht der einzelne Beamte sich selbst und seine Organisation einer feindlichen Umwelt gegenüber, gegen die man sich zur Wehr setzen muss.

Bezogen auf die Romanfiguren ist es treffender nicht im klassischen Sinne von „Korpsgeist" zu sprechen, vielmehr versuchen die agierenden Beamten ihr „nahes soziales Umfeld" zu schützen, indem sie sich dienstlich aufhalten.

Im täglichen Dienst trifft dies zum Beispiel auf die Dienstgruppe zu. Die Beamten empfinden diese als enge Gefahrengemeinschaft.

Dadurch, dass sich die so formierte Gruppengemeinschaft in jedem Einzelnen stark herausbildet, wird natürlich auch das Schutzbedürfnis dieser Clique geschürt. Die Abschottung einer solchen Dienstgruppe gegen drohende Gefahren ist die Folge. Das nimmt dem mündigen Bürger die Kontrollfunktion und führt zu einem Vertrauensverlust in den Dienst der Polizei. Einige nicht zu kontrollierende Polizeicliquen schaden der gefestigten Demokratie. Wenn sich Beamte untereinander decken und keine Ermittlungen in den „eigenen Reihen" durchgeführt werden können, kommt es zu willkürlichen Akten gegenüber den Bürgern. Wie soll sich der Betroffene dagegen zur Wehr setzen?

Die Sicherung der eigenen Loyalität in der bestehenden Dienstgruppe, verhindert, dass Polizisten die „Mauer des Schweigens" durchbrechen, weil es für den Einzelnen verheerende Auswirkungen hat. Polizeibeamte die sich zu dem mutigen Schritt, Vergehen in den eigenen Reihen aufzuklären, entschlossen haben, die sogenannten „Whistleblower", haben mit zahlreichen Anfeindungen zu kämpfen. Sie nehmen den Anfang im einfachen Ignorieren und entwickeln sich zum schweren Mobbing. Vor Morddrohungen wird zudem nicht zurückgeschreckt. Abwandern zu einer anderen Dienststelle, ist meist nur eine kurzzeitige Hilfe. Die „Tat" holt den betroffenen Polizisten über kurz oder lang ein.

Nach außen hin sind Angriffe auf Polizeibeamte vom Strafrecht abgedeckt. Der Paragraf 113 des Strafgesetzbuches (Widerstand gegen Vollstreckungsbeamte), führt dazu, die Staatsbeamten gegenüber der mündigen Bürgergesellschaft zu privilegieren. Diese bevorzugende Sonderbehandlung verstößt gegen Artikel drei des Grundgesetzes:

**„Alle Menschen sind vor dem Gesetz gleich."**

Zeitfracht Medien GmbH
Ferdinand-Jühlke-Straße 7
99095 Erfurt, Deutschland
produktsicherheit@kolibri360.de